書下ろし

長編時代小説

剣鬼無情

闇の用心棒

鳥羽 亮

JN285349

祥伝社文庫

目次

第一章　辻斬り

1

　小糠雨《こぬかあめ》が柳の枝葉を濡らしていた。大川端《おおかわばた》は、ひっそりとして人影もない。かすかな雨音と汀《みぎわ》に寄せる川波の音ばかりが聞こえてくる。

　深川佐賀《ふかがわさが》町の大川端。七ツ半（午後五時）過ぎだった。

　空が厚い雲でおおわれているせいもあって、辺りは夕暮れどきのような薄闇につつまれている。ふだんならそこそこ人通りのある道だが、いまは人影もなく、通りに面した表店《おもてだな》も板戸をしめてしまっている。

　柳の樹陰に人影がふたつあった。武士と町人である。武士は番傘をさしていた。傘を低くし顔を隠すようにしているので、表情は見えないが、老齢であることは分かった。ときどき見える頬には老人特有の肝斑《しみ》が浮いていたし、鬢《びん》は白髪まじりだったからである。ただ、武芸で鍛《きた》えた体らしく腕や首が太く、腰もどっしりとしていた。

もうひとりの町人体《てい》の男は、手ぬぐいで頬っかむりしているだけで、傘はさしていなかった。格子縞《こうしじま》の単衣《ひとえ》を尻《しり》っ端折《ぱしょ》りし、雪駄《せった》履《ば》きだった。三十がらみ、目の細い剽悍《ひょうかん》そうな顔をした男である。

「兵吉《へいきち》、来るのだな」

老武士が念を押すように訊《き》いた。

「へい、そろそろ姿を見せるはずでして」

兵吉と呼ばれた男がそう言って、川下の方に目をやった。

紗幕《しゃまく》のような雨のなかに、永代《えいたい》橋がかすんで見えた。ふだんは賑《にぎ》わっている橋上も、人影はまばらである。

大川はふだんよりも水嵩《みずかさ》が増し、鉛色の川面が遠く江戸湊《みなと》まで渺茫《びょうぼう》とひろがっていた。いつもなら、猪牙《ちょき》舟や屋根船などが行き交っているのだが、川面にはひとつの船影もなかった。

「旦那、そろそろ顔を隠していただきやしょうか」

「そうだな」

老武士は、番傘を兵吉に手渡すと、ふところから黒覆面を取り出し、すばやく顔を隠した。

それから小半刻《こはんとき》（三十分）ほど経った。辺りは濃い暮色につつまれ、雨はさらに小降りになった。柳の葉先から落ちる滴《しずく》が、ぽつぽつと物寂《さび》しい音をたてている。

「旦那、来やしたぜ」

兵吉が声を殺して言った。

見ると、永代橋の方から番傘をさした町人体の男がひとり、足早にやってくる。長身で痩《や》せていた。茶の羽織に、下駄履きである。商家の番頭か手代といった感じの男だった。

「まちがいないな」

「へい、室田屋《むろたや》の文治《ぶんじ》で」

兵吉が目をひからせて言った。

文治と呼ばれた男は柳の樹陰にいるふたりには気付かず、ぬかるみに気をくばりながらやってくる。

老武士は、傘をさしたまま樹陰から通りへ出た。番傘を前に倒すようにして、顔を隠している。

文治が足をとめた。前から近付いてくる老武士に気付いたようだ。顔に訝《いぶか》しそうな表情が浮いたが、覆面が見えなかったこともあり、逃げ出すような素振りは見せなかった。文治は近付いてくる老武士を避けようと、慌《あわ》てて体を川岸へ寄せた。

すると、老武士も行く手を遮《さえぎ》るように川岸へ動いた。傘で隠した右手が、刀の柄《つか》を握っている。

「お、お武家さま、何かご用でしょうか」

文治の声は震えを帯びていた。老武士が、ただの通行人ではないと察知したようだ。

「用は、これだよ」

言いざま、左手で持った傘を脇に倒し、右手で抜刀した。

「な、なにをする！」

文治の顔がひき攣《つ》った。

刹那《せつな》、老武士の刀が一閃《いっせん》した。

バサッ、と番傘の裂ける音がし、文治の首がのけ反《ぞ》るように後ろにかしいだ。

次の瞬間、裂けた傘に血飛沫《ちしぶき》が飛び散り、文治の手にした傘がゆっくりとかたむいて足元に落ちた。

文治は驚愕《きょうがく》に目を剝《む》き、凝固したようにつっ立っていた。首根から血が噴《ふ》いている。

よろよろと、文治が後じさった。半顔が血で真《ま》っ赤《か》に染まっている。

ふいに、文治の顔がゆがんだ。何か叫び声を上げようとしたらしい。その途端、がっくりと膝が折れ、前につっ伏すように倒れた。

首根から噴出した血が、濡れた地べたを赤く染めていく。霧雨が文治の背に降りかかり、四肢が痙攣《けいれん》していた。

「てえしたもんだ。逃げる間もねえ」

樹陰から跳ねるような足取りで出てきた兵吉が、感嘆の声を上げた。

老武士は無言だった。覆面をしているので顔色は分からないが、足元の死体を見つめる目は憂鬱そうにくもっていた。

「旦那、だいぶ持ってますぜ」

兵吉は文治を仰向けにし、ふところを探って財布を取り出した。

「これは、旦那にお渡しいたしやす」

兵吉は財布を老武士に手渡した。

老武士は無言で受け取り、財布のなかを覗《のぞ》いていたが、

「半分は、おまえにやろう」

と言って、六両を兵吉に手渡した。財布には十二両入っていたらしい。

「いただきやす」

兵吉はぺこりと頭を下げて、巾着《きんちゃく》のなかに金をしまった。

「長居は無用だ」

老武士は、倒れている文治の袖で刀身の血をぬぐうと、納刀して足早にその場を離れた。兵吉も後につづいた。

　霧雨が夜陰のなかに降りそそいでいる。


　翌朝は晴天だった。初秋の朝日が、濡れた柳の枝葉でキラキラかがやいている。上流の雨量は多かったらしく、大川の水面は笹色《ささ》に濁っていた。滔々《とうとう》とした流れのなかに、猪牙舟や屋根船などが行き交っている。

　大川端の柳のそばに、人垣ができていた。通りすがりの職人やぼてふりに混じって、八丁堀《はっちょうぼり》同心と岡っ引きの姿があった。

「旦那、辻斬りですぜ」

　岡っ引きの駒造《こまぞう》が言った。

　駒造は深川を縄張にしている老練な岡っ引きだった。小柄で、すこし猫背である。陽に灼《や》けて肌が浅黒く、狐《きつね》を思わせるような細い目をしていた。

「同じ手だな」

　苦々《にがにが》しい顔でそう言ったのは、北町奉行所定廻り同心の佐倉惣八郎《さくらそうはちろう》だった。三十半ば、眉が濃く、頤《おとがい》の張ったいかつい顔をしていた。

佐倉は、その刀傷に見覚えがあった。左の首根から右腋にかけて袈裟《けさ》に斬られ、鎖骨が切断されて傷口から白い骨が覗いている。

五日前、やはり本所《ほんじょ》の大川端で、米屋、岡島屋《おかじまや》の主人、徳兵衛《とくべえ》が何者かに斬殺されたが、その傷も一太刀に首根から袈裟に斬られたものだったのだ。下手人は腕の立つ武士とみていいようである。

「やはり、財布がない」

佐倉はふところを探って言った。

五日前に殺された徳兵衛も、二十両ほど入った財布を奪われていた。家族の話では商談で柳橋《やなぎばし》に行った帰りだという。

「駒造、まず、死骸《ほとけ》の身元からだな」

そう言って、佐倉が立ち上がった。

「へい」

駒造は近くにいた下っ引きに声をかけ、ピシャピシャと水溜まりを踏みながらその場を離れた。

2

安田平兵衛《やすだへいべえ》は、刀を研《と》いでいた。床几《しょうぎ》に腰を下ろし、砥石《といし》を押さえる踏まえ木を右足で踏み、砥面に刀身を当てて押し出す。すると、砥面に垂らした水が、かすかな鉛色を帯びてくる。

平兵衛は下地研ぎの最後の段階にかかっていた。内曇《うちぐもり》砥と呼ばれる細かい粒子の砥石で刀身の地肌をととのえていく。

むらができないように、気持ちを込めて同じように力を入れて研ぐ。丁寧《ていねい》に根気よく研ぐことが大事である。

平兵衛は小半刻ほど研ぐと、刀身を表の障子の方にかざして見た。刃文《はもん》は打ち寄せる荒波を思わせる濤瀾《とうらん》乱《みだ》れ、地肌には澄《す》んだ冴《さ》えがある。

——さすが、助広《すけひろ》だ。

平兵衛は刀身を魅入られたように見つめていた。

平兵衛は刀の研ぎ師である。ただ、研ぎ師として暮らし始めて、まだ十年ほどしか経っていなかった。やっと、刀身を見て刀鍛冶《かじ》の名が分かるようになってきたところである。

もっとも、分かるのは特徴のある鍛冶の鍛刀だけで、津田越前守《つだえちぜんのかみ》助広は、濤瀾乱れの名人として知られていたので、分かったのである。

「父上、お茶にしましょうか」

座敷にいたまゆみが、腰を上げながら言った。

まゆみは、平兵衛のひとり娘で十七歳になる。母親のおよしが十年ほど前に流行病《はやりやまい》で死に、いまは父と娘のふたり暮らしであった。

親子が住んでいるのは、本所相生町《あいおい》にある庄助《しょうすけ》長屋である。まゆみは幼いころから武家の娘として育てられたこともあって、いまだに武家言葉を遣《つか》う。

「そうだな、一息入れよう」

平兵衛は、研ぎかけの刀を砥石台の脇に置いて立ち上がった。

庄助長屋は、土間のつづきに八畳の部屋があるだけである。その部屋の北側を三畳ほど板張りにし、屏風《びょうぶ》でかこって仕事場にしていた。

平兵衛は屏風をずらして出て来ると、畳に胡座《あぐら》をかいた。

「父上、佐賀町の話、聞いてますか」

まゆみが急須《きゅうす》で、湯飲みに茶をつぎながら訊いた。

「佐賀町の話とは？」

「辻斬りの話」

「ああ、辻斬りな」

平兵衛は知っていた。長屋の女房連中が井戸端で、お喋《しゃべ》りをしていたのを耳にはさんだのである。それによると、深川黒江《くろえ》町の銅物商《かなもの》、室田屋の番頭、文治が大川端で斬り殺され、持っていた十二両ほどの金を奪われたというのだ。

銅物屋というのは、鉄製の火鉢、灯籠《とうろう》、梵鐘《ぼんしょう》、小物では金網、十能《じゅうのう》（火掻き）などの金物を商う店である。番頭もいるとなると、手広くやっている店なのであろう。

「本所の横網《よこあみ》町でも辻斬り騒ぎがあったばかりでしょう。父上も、夜は出かけないようにしてくださいよ」

まゆみが眉を寄せて言った。

家事一切を取り仕切っているせいか、ちかごろ、まゆみは女房のような口をきくことがあった。

「せいぜい、気をつけよう」

平兵衛は苦笑いを浮かべた。まゆみに女房のような口をきかれても、嫌な気はしなかった。その言葉の裏には、父親への気遣いがあったからである。

茶を飲みながらいっとき休んでいると、戸口で足音がして障子があいた。

顔を出したのは、片桐右京《かたぎりうきよう》だった。二十代半ば、白皙《はくせき》で端整な顔立ちの若侍である。ただ、表情のない顔にはいつも物憂いような翳《かげ》がおちていた。

右京は、平兵衛の脇に座しているまゆみに微笑《ほほえ》みかけてから、

「安田さん、刀を研いでもらえますか」

と、訊いた。やわらかな物言いである。

まゆみの色白の頰にポッと朱がさした。まゆみは、ときどき長屋に姿を見せる右京を好いていたが、それを口に出せないでいた。

「か、片桐さんにも、お茶を」

まゆみは慌てて立ち上がると、土間の流し場の方へむかった。顔が染まったのを、右京に気付かれたくなかったようである。

平兵衛の胸の内は複雑だった。まゆみと右京をいっしょにさせてやりたいが、いまのままでは片桐の嫁にするわけにはいかないのだ。

右京は御家人で刀の蒐集《しゆうしゆう》家ということになっていたが、その実、金ずくで人を斬る殺し人である。

平兵衛もまた表向きは刀の研ぎ師だが、人斬り平兵衛と恐れられた殺し人だった。そのことは、まゆみにも隠してあった。

「その刀かな」

平兵衛は右京の手にした脇差《わきざし》に目をやった。

「はい」

「見せていただきましょうか」

平兵衛は、どうせ数打ちされた鈍刀だろうと思ったが、まゆみの手前、それらしく応対せねばならなかったのだ。

「虎徹《こてつ》かもしれません」

右京は涼しい顔をして言った。

口から出まかせである。虎徹の名を知っていたので、口にしただけであろう。虎徹は切れ味の鋭いことで知られた当代屈指の人気鍛冶である。虎徹の鍛刀が右京などの手に入るはずはないのだ。

「虎徹ですか。いい物が手に入りましたな」

平兵衛はもっともらしく言いながら、受け取った脇差を抜いてみた。

「おお、これは！」

ひどい刀だった。赤錆が浮き、刃は所々欠けている。虎徹どころか、包丁鍛冶でも打った代物《しろもの》であろう。

「どうです、虎徹ですかね」

すました顔で、右京が訊いた。

「なかなかの物ですが、虎徹ではないようですよ」

「やはり、そうですか」

右京は口元に笑みを浮かべて言った。こうしたやり取りをおもしろがっている節《ふし》がある。

そのとき、まゆみが右京のそばに来た。茶をついだ湯飲みを手にしている。平兵衛は慌てて、刀身を鞘に納めた。

茶を飲みながらいっとき刀談義をした後、

「すこし、歩きながら話しますかね」

と、平兵衛が言って立ち上がった。右京が脇差の研ぎを頼みに来たのは口実である。殺しの仕事の話があって来たのだが、まゆみの前では話せないでいたのだ。

「おいしいお茶でした」

右京はまゆみに礼を言って腰を上げた。

まゆみは、口ごもりながら、また、いらしてください、と言っただけで、流しの方に顔をむけてしまった。面と向かって話すのが、恥ずかしいようである。

長屋を出て、竪川《たてかわ》沿いの通りへ出ると、

「それで、話は」

と、平兵衛が訊いた。

「安田さん、辻斬りの話を聞いてますか」

右京が小声で言った。

「噂《うわさ》は聞いているが」

「どうも気になりましてね」

「気になるとは」

「斬り口です。深川と本所の辻斬りは同じ手のようですが、いずれも首筋から袈裟に一太刀で斬られていたとか」

「うむ……」

平兵衛は、そこまで聞いていなかった。

「下手人は、かなり腕のいい者ではないかと思いましてね」

「そうかもしれんな」

相手が素手《すで》の町人であっても、一太刀で仕留めるのはむずかしいのだ。

「それで、殺し人の仕業ではないかと思ったのです」

「……！」

「安田さんに訊けば、だれが手を出したのか、分かると思いましてね」

「分からぬな」

首筋へ袈裟に斬り込む刀法を得意とする殺し人に覚えはなかった。それに、袈裟斬りは特異な刀法ではない。特に、逃げる相手を追いすがって斬る場合は、袈裟斬りを遣う者が多いはずである。

「元締めから何か話がありましたか」

「いや、ない」

平兵衛たち殺し人の元締めは、深川吉永町《よしながちょう》で極楽屋《ごくらくや》という一膳めし屋をやっている島蔵《しまぞう》という男だった。平兵衛は、このところ島蔵に会ってもいなかった。

「そうですか。……やはり殺し人ではないのかな」

右京は思案するように首をひねった。

深川、本所は島蔵の縄張だった。右京は、殺し人の仕事なら島蔵から平兵衛に何か話があったろうと思い、長屋に立ち寄ったらしい。

「ふところの金を奪ったということだし、辻斬りだと思うがな」

殺し人は、ふところの金をあさったりはしないはずだ。

「そうかもしれません。……手間をとらせました」

そう言って、右京は平兵衛に頭を下げ、すこし足を速めた。

「片桐さん、どうするんだ、あの脇差」

右京の持参した脇差は長屋に置いたままだった。

「ああ、あれ。そのうち取りに行きますよ」

「研ぐのか？」

「気が向いたらで結構です。包丁の代わりぐらいには、なるかもしれませんのでね」

右京は皓《しろ》い歯を見せてそう言うと、足早に離れていった。

3

十六夜の月が、皓々《こうこう》とかがやいていた。大川の川面が、波の起伏に合わせて白銀を流したようにひかっている。

五ツ（午後八時）ごろである。深川清住《きよすみ》町の大川端。室田屋の番頭、文治が斬られた佐賀町から数町、上流の川沿いの道だった。

路傍の柳の樹陰にふたりの男がいた。文治を斬った老武士と兵吉である。老武士は黒覆面で顔を隠していた。今夜は初めから覆面をしてきたようだ。

「兵吉、彦三《ひこざ》という男はひとりか」

老武士がくぐもった声で訊いた。

「へい、ひとりで柳橋の料理屋に行くのを見ておりやす」

「そうか」

老武士は樹陰に身を隠したまま動かなかった。

通りは、ひっそりとしていた。路傍の叢《くさむら》で鳴く虫の音と岸辺に寄せる大川の波音が聞こえている。ときおり、提灯《ちょうちん》を手にした者が通ったが、樹陰にいるふたりに気付かずに過ぎていく。

「旦那、来やすぜ」

見ると、小名木《おなぎ》川にかかる万年《まんねん》橋のたもとちかくに提灯の明かりが揺れている。こっちへ近付いてくるようだ。

「駕籠《かご》だ」

細長い灯《ひ》は、駕籠の先棒に下がっている小田原《おだわら》提灯のものである。

「料理屋から駕籠に乗ったのかもしれんな」

「どうしやす？」

「なかを確かめてから斬ればよかろう」

老武士が、くぐもった声で言った。

「旦那、駕籠の後ろからもだれか来るようですぜ」

兵吉が夜陰に目を剝《む》いた。

兵吉は駕籠の後ろに人影を見たような気がしたらしい。だが、通りは路傍の樹陰の闇につつまれ、はっきりしないようだ。

「見えぬな」

老武士も駕籠の後ろに目をむけたが何も見えなかった。

「気のせいだったかな」

兵吉が首をひねった。

「なに、案ずることはない。通りすがりの者なら逃げ出すだろう」

駕籠はしだいに近付いてきた。駕籠かきの掛け声がはっきり聞こえ、その姿が提灯の灯に浮かびあがったように見えていた。

老武士は樹陰から出て、駕籠の行く手をふさぐように立った。

駕籠がとまった。先棒をかつぐ駕籠かきの顔が、恐怖にひき攣《つ》っている。老武士の覆面を見て、辻斬りか追剝《は》ぎと思ったのだろう。

老武士は抜刀し、足早に駕籠に近付いた。

「ひ、人殺し！」

先棒の男が悲鳴を上げ、駕籠を地べたに置いて逃げ出した。後棒の男も、喉《のど》の裂けるような声を上げて後を追う。

駕籠から商家の旦那ふうの男が転がり出た。納戸色の羽織に縞柄の着物。四十がらみで、小太りの男だった。驚愕に目を剝いたが、怯《おび》えたような表情はなかった。

「出やがったな。こんなことだと思ったぜ」

男は商人らしからぬ伝法《でんぽう》な物言いをした。目にも挑むようなひかりがあった。襲撃を予想していたような節がある。

「彦三か」

老武士が誰何《すいか》した。手にした刀身を下げたまま、ゆっくりと間をつめてくる。

それには答えず、男は後じさると、

「旦那方、頼みますぜ」

と、声を上げた。

すると、すこし後方の柳の樹陰から人影が飛び出し、走り寄ってきた。ふたりだった。

ひとりは大柄な男で、総髪だった。もうひとりは痩身で、月代《さかやき》と無精髭《ぶしょうひげ》がだらしなく伸びている。一見して、無頼牢人《ろうにん》と分かる風体の男たちである。さきほど、兵吉が駕籠の後ろに見た人影は、このふたりらしい。

ふたりは駆け寄って老武士の前後に立つと、刀の柄に右手を添えた。夜陰のなかで双眸《そうぼう》が餓狼《がろう》のようにひかっている。

「用心棒付きか」

老武士が抑揚《よくよう》のない声で言った。

すこしも慌てた様子はなく、背を川岸にむけると、左右のふたりに目をくばりながら後じさった。背後からの攻撃を避けようとしたらしい。

柳の樹陰にいた兵吉が、老武士のそばに近付いてきた。手に匕首《あいくち》を持ち、血走った目でふたりの牢人を睨《にら》むように見すえている。

「兵吉、手を出すな」

老武士が、声を強くして言った。

「へ、へい」

兵吉は後じさり、柳の幹の後ろへまわり込んだ。

この間に、彦三と呼ばれた男は駕籠の後ろに身を隠していた。

老武士は八相《はっそう》に構えをとった。どっしりと腰の据わった大きな構えである。正面に対峙《たいじ》した総髪の牢人が青眼《せいがん》。もうひとり痩身の牢人は左手に立ち、上段に構えた。

ふたりの牢人は底びかりのする目で、老武士を見すえながらジリジリと間合をせばめてきた。ふたりとも、隙《すき》のある構えだが、獰猛《どうもう》な獣のような雰囲気をただよわせている。

——喧嘩《けんか》殺法か。

あなどれぬ、と老武士は思った。実戦で身につけた刀法には、予想を越えた動きや嵌《は》め手があることが多いのだ。

斬撃の間合の手前で、総髪の牢人が寄り身をとめ、剣尖《けんせん》を上下させて斬り込んでくる気配を見せた。牽制である。

——初手は左手からであろう。

と、老武士は読んだ。

正面から斬り込んでくると見せて、左手の痩身が上段から斬り下ろしてくるにちがいない。

ピクッ、と正面の総髪の剣尖が動き、右足を一歩踏み込んだ。

と、その動きに呼応するように、左手から痩身が斬り込んできた。

上段から老武士の後頭部へ。

一瞬、老武士は体をひねりながら刀身を撥《は》ね上げた。素早い太刀捌《さば》きである。

キーン、という甲高《かんだか》い金属音がひびき、夜陰に青火が散った。左手から斬り込んできた瘦身の刀身が跳ね返り、体が泳いだ。

イヤアッ！

すかさず、正面の総髪が斬り込んできた。

青眼から面へ。

が、この斬撃を老武士は読んでいた。撥ね上げた刀身を返しざま、袈裟に斬り下ろしたのである。

その切っ先が総髪の首筋に入った。

総髪はのけ反り、首根から血が火花のように飛び散った。浅い斬撃だったが、総髪の首筋の血管《ちくだ》を斬ったらしい。

総髪は血を撒《ま》きながらよろめき、川岸ちかくで腰からくずれるように倒れた。総髪は四肢を痙攣させていたが、すぐに動かなくなった。夜陰のなかで、かすかに血の噴出音がする。

彦三と呼ばれた男は、大柄な牢人が斬られるのを見ると、夜陰のなかへ後じさり、間があくと反転して駆け出した。

瘦身の牢人も逃げようとして背を見せた。その一瞬の隙をとらえた老武士は、

「逃さぬ！」

と声を上げ、踏み込みざま痩身の背に斬り込んだ。

骨肉を断つにぶい音がし、痩身の肩口がざっくりと裂けた。ひらいた肉の間から血が噴き、痩身の背を真っ赤に染める。

痩身は絶叫を上げ、たたらを踏むように泳いだが、何かに足をとられて前につんのめるように倒れた。

痩身はヒイヒイと喉の裂けるような悲鳴を上げ、地面を這《は》って逃れようとした。

老武士が素早く歩を寄せ、

「とどめだ」

と言いざま、痩身の首筋へ斬り下ろした。

痩身の首が前に落ち、首根から、ビュッ、と音をたてて血が奔騰《ほんとう》した。

痩身は血海のなかにつっ伏したまま動かなくなった。首根からタラタラと血が流れ落ちている。

「彦三は、逃げちまいやしたぜ」

兵吉が老武士のそばに近寄ってきた。

「また、次の機会をとらえるしかあるまい」

「こいつら、彦三に買われた犬ですぜ」

「そうらしいな。……わしも変わりないがな」

老武士はそう言うと、倒れている痩身のそばに屈《かが》み込み、袖口で刀身の血糊をぬぐって納刀した。

「どうしやす、こいつら」

「このままでは、通行人の邪魔になるな」

「川に流しやすか」

「そうしよう」

老武士と兵吉は、牢人ふたりの死体を岸辺へ運び、土手下へ転がした。

ふたりは足早に大川端を去っていく。さっきまで聞こえなかった虫の音が、また聞こえ出した。人影のない岸辺の夜陰のなかに、かすかな血の臭いがただよっている。

4

深川吉永町、商家の旦那ふうの男が掘割にかかる要《かなめ》橋を渡っていた。四十がらみで小太り、大川端で老武士に襲われた彦三である。彦三は、ちいさな風呂敷包みを胸でかかえるように持っていた。

要橋を渡った先に、棟割り長屋のような平屋造りの建物があった。奥に長い建物のとっつきに縄暖簾《なわのれん》が下がっている。極楽屋という一膳めし屋である。あるじの島蔵が洒落《しゃれ》でつけた屋号だった。

寂《さび》しい地だった。極楽屋の裏手は乗光寺《じょうこうじ》という古刹《こさつ》、右手が大名の抱え屋敷、正面と左手に掘割がとおっている。極楽屋に行くには、正面の掘割にかかる要橋を渡るしかない。どうしてこんな場所に一膳めし屋があるのだろう、と訝《いぶか》しくなるような人影のない場所である。

彦三は極楽屋の前で立ち止まり、戸惑《とまど》うような顔をして左右に目をやった。客がいるらしく、なかから男の笑い声やくぐもった声が聞こえてくる。

彦三は意を決したように縄暖簾を分けて入っていった。なかは薄暗かった。温気《うんき》と煮物の臭いがたちこめている。

土間に飯台が四つあった。その飯台に男が六人いて、めしを食ったり酒を飲んだりしていた。地まわりか無宿人であろう。二の腕から入墨が覗《のぞ》いている男、隻腕《せきわん》の男、揉み上げを長く伸ばした男……。いずれも、一癖も二癖もありそうな男ばかりである。

その男たちがお喋《しゃべ》りをやめ、箸《はし》や猪口《ちょこ》を持った手をとめて、いっせいに彦三の方に目をむけた。男たちの顔には、場違いなよそ者にむけられた警戒の色がある。

「島蔵さんは、おりますか」

彦三は隅の飯台に腰を下ろすと、ちかくにいた二十歳《はたち》前後と思われる若い男に声をかけた。風呂敷包みはかかえたままである。彦三の顔はいくぶんこわばっていたが、怯えたような表情はなかった。

「おまえさんは」

若い男は、彦三を睨《ね》めるように見すえて訊いた。

「彦三ともうします。黒江町で銅物屋をやっております」

彦三は丁寧な物言いをした。

「客じゃァねえようだが、銅物屋が何の用でえ」

「島蔵さんに、お願いの筋がございまして」

「人足か、奉公人を頼みにきたのかい」

「まァ、似たようなことで」

「待ってな。いま、呼んできてやるぜ」

若い男は、すぐに腰を上げた。

極楽屋は一膳めし屋の他に口入れ屋もやっていた。下男下女、中間《ちゅうげん》などの奉公人を斡《あっ》旋《せん》するのが口入れ屋の仕事である。ただ、島蔵は危険な普請、借金取り、用心棒など、他の奉公人が敬遠するようなあぶない仕事だけを引き受け、命知《ふし》らずの男たちを派遣していた。

いま、店でめしを食ったり、酒を飲んだりしているのは、そうした仕事にたずさわる連中である。

島蔵は、行き場のない無宿人、入墨者、勘当された若者など、世間から見放された連中を店の裏手の長屋に住まわせて、面倒を見ていたのだ。

若い男は、彦三がそうした仕事の依頼に来たと思ったらしい。

すぐに板場から赤ら顔のでっぷり太った男が、若い男といっしょに前垂れで濡れた手を拭《ふ》きながら出てきた。牛のように大きなギョロリとした目をしている。

極楽屋のあるじ、島蔵である。

「彦三さんですかい」

島蔵は大きな目を細めて訊いた。

「はい、黒江町の室田屋のあるじでございます」

彦三は、愛想笑いを浮かべながら言った。

「ああ、室田屋さんの……」

島蔵がうなずいた。室田屋を知っているようである。

「島蔵さんに、お願いがあってまいりました」

彦三は声をあらためて言った。

「普請の人足でも？」

「いえ、別のことで」

彦三は急に声を落とし、店にいる男たちに目をやった。男たちに聞かれたくない話のようである。

「別のこととは」

「地獄のことで」

「この店が、地獄屋と呼ばれていることを承知で来なすったわけですかい」

島蔵のギョロリとした目がひかった。

「はい……」

極楽屋を土地の者は地獄屋と呼んでいた。

島蔵の斡旋で一仕事終えて銭をつかんだ男たちが、店で酒を飲んだり、ときには小博奕《ばくち》を打ったりすることがあった。酔って怒鳴り合ったり、喧嘩したり、ときには刃物をふりまわすようなこともあった。自然と、まっとうな者たちは敬遠するようになり、店は悪人《ワル》の溜まり場のようになる。それで土地の者に、あの店は極楽屋ではなく、地獄屋だよ、などと噂されるようになったのである。

「仕事の話なら、奥の座敷へ行きましょうかね」

島蔵は、いったん板場にもどり、女房のおくらに店を頼んでから廊下の上がり口に草履をぬいだ。

飯台の並んでいる土間の奥が障子を立てた座敷になっていて、廊下からも入れるようになっていたのだ。

客を入れる座敷らしい。家具はなく、がらんとしていた。

「座って、楽にしてくれ。いま、茶を淹《い》れる」

島蔵は座敷の隅に胡座《あぐら》をかいた。

すこし離れた場所に彦三が膝を折り、大事そうにかかえていた風呂敷包みを脇に置いた。

いっときすると、おくらが盆に茶道具をのせて、座敷に入ってきた。四十がらみだろうか、大柄で樽《たる》のように太っている。

おくらは、いらっしゃい、と言っただけで、島蔵と彦三の膝先に茶をついだ湯飲みを置くと、そそくさと出ていってしまった。

「それで、話というのは」

茶を一口すすってから、島蔵が訊いた。

「殺しをお願いしてえんで」

彦三が声をひそめて言った。急に物言いが伝法になった。商人とはちがう、凄《すご》みのある声である。

島蔵が、ギョロリとした目で彦三を見すえ、

「おれを地獄の閻魔《えんま》と知って、来なすったのか」

と、低い声で言った。

極楽屋が地獄屋と呼ばれるもうひとつの理由があった。口入れ屋の裏で、「殺し」をひそかに請け負っていたのである。

もっとも、そのことは江戸の闇に住む一部の者しか知らない。浅草《あさくさ》、本所、深川界隈《かいわい》の闇の世界で、この世に生かしておけねえ奴なら、殺しを地獄の閻魔に頼めと、ひそかにささやかれていたのだ。

地獄は地獄屋、閻魔は島蔵のことである。牛のように大きな目をした島蔵の赤ら顔が、閻魔に似ていたのである。

「地獄の閻魔さまに、始末をしてもらいてえ奴がおりやしてね」

彦三はそう言って、膝先の湯飲みに手を伸ばした。物言いは静かだった。彦三もただの商人ではないらしい。本性をあらわした彦三の顔には、闇の世界に住む者独特の翳《かげ》と酷薄さがあらわれていた。

「相手は」

島蔵が訊いた。

「それが、分からねえんで」

そう言って、彦三は茶を一口飲んだ。

「相手が分からねえんじゃァ、やりようがねえ」

「島蔵さんは、辻斬りの話を聞いてますかい」

彦三が、島蔵を見つめて言った。双眸《そうぼう》に刺すようなひかりが宿っている。

「聞いてるが……。そう言えば、佐賀町の大川端で殺《や》られたのは、おめえさんの店の奉公人だったな」

島蔵は、店に出入りする男たちの噂話を耳にしていたのだ。

「番頭の文治でしてね。掛け取りにいった帰りに襲われて、十二両ほどやられやした。それだけじゃァねえんで」

「……」

「五日ほど前、万年橋のちかくで牢人ふたりが、斬り殺されたことは知ってますかい」

「その話も聞いてる」

「殺られたふたりは、てまえが雇った牢人でしてね」

「ほう」

島蔵の大きな目玉がさらに大きくなった。

「ふたりなら何とかなると思ったんだが、役には立たなかった」

彦三は、柳橋からのことをかいつまんで島蔵に話した。

黙って聞いていた島蔵は、彦三が話し終えると、

「それで、頼みというのは」

と、先をうながすように訊いた。

「てまえを狙《ねら》っている奴らを、始末してもらいてえ」

彦三は、ふたりの名は分からないと言った。武士については、覆面をしていたので顔は見なかったが、老齢のような感じがしたという。町人は、三十がらみの目の細い遊び人ふうの男だったそうである。

このとき、彦三は兵吉のことは知っていたが、なぜか名を出さなかった。

「それだけじゃァ、雲をつかむような話だな」

「むずかしい仕事だとは、思っている。それだけ、金は出すつもりだ」

彦三は、武士に二百両、町人に百両出す、と言い添えた。

「大金だな」

「それだけの相手とみたからだよ」

「おめえさん、命を狙われてるようだが、そのわけは？」

「それは、言えねえ」

彦三の声に、強いひびきがくわわった。

「うむ……」

島蔵は苦々《にがにが》しい顔をした。相手の名も、狙われてるわけも分からないのでは、相手をつきとめるのさえむずかしい。

「わけを話さねえと、引き受けちゃァもらえねえのかい」

彦三が訊いた。

「そんなこともねえが……。この仕事、長引くぜ。相手が分からねえんじゃァ始末のしようがねえからな」

「いや、殺し人の腕さえよけりゃァ案外早く始末がつくかもしれねえよ」

「どういうことだ」

島蔵は、ギョロリとした目で彦三を見すえた。

「殺し人に、用心棒も頼みたいのだ。相手を殺《ゃ》るまで、こっちの首がもたねえかもしれねえからな。むろん、用心棒代は別に出す」

彦三は、また、ふたりが自分の命を狙ってあらわれるはずで、そのとき斬れれば始末もつくし、逃げられても相手の素性が分かるはずだと言い添えた。

「いいだろう」

島蔵は、用心棒も引き受けていた。相手は腕利きのようだが、相応の金さえ出せば、断る理由はなかった。

「それじゃァ、殺し料の三百両」

そう言って、彦三は脇にあった風呂敷包みを膝の上に置いて解いた。なかに切り餅がびっしりと並んだ木箱があった。切り餅は十二、ちょうど三百両である。初めからそのつもりで、持参したようだ。

「金持ちだな」

島蔵が言った。

「商売で苦労して稼いだ金だが、命には代えられねえ」

そう言って、彦三は木箱ごと島蔵の膝先に押し出し、

「それじゃァ、島蔵さん、お願いしましたよ」

と、急に商人らしい声色になって、外の男たちにも聞こえるように声を大きくした。

5

戸口で人の気配がし、座敷に何か投げ込んだような音がした。

平兵衛は刀を研ぐ手をとめ、首を伸ばして屏風の上から覗いた。畳にちいさな紙片が落ちていた。結び文である。

すぐに戸口に目をやったが、人影はなかった。足早に戸口から離れていく足音が聞こえた。島蔵の手先が、家にまゆみがいないのを見て投げ込んでいったのだろう。

平兵衛はすぐに研ぎ場から出て、結び文を手にした。

——十八屋、笹《ささ》
とだけ、記してあった。島蔵からの呼び出しである。

十八は、四《じ》、五《ご》、九《く》。つまり地獄屋のことである。笹は、笹屋《ささや》というそば屋のことである。島蔵は、笹屋で殺しの話をすることが多かったのだ。

平兵衛はまゆみに、橘屋《たちばなや》に刀を届けに行くので、夕餉《ゆうげ》はすませてくる、という内容の置き手紙を書いた。橋屋は刀剣商で、主人に依頼されて刀を研ぐことが多かったのである。

笹屋は小名木川にかかる万年橋のたもとにある小体《こてい》な店だった。島蔵が馴染《なじ》みにしている店で、何かと便宜をはかってくれる。

平兵衛が笹屋の暖簾をくぐると、あるじの松吉《まつきち》がそばにきて、

「島蔵さんたちが、お待ちですよ」

と言って、すぐに二階へ案内してくれた。

笹屋は二階に座敷があって、特別な客にだけ使わせてくれたのだ。

座敷の障子をあけると、

「旦那、お待ちしてやした」

島蔵が目を細めて、平兵衛を上座に座らせた。年寄りをたててくれたらしい。

「遅れたようだな」

「なに、おれたちもいま来たところで」

座敷には、島蔵の他にふたりいた。右京と深谷《ふかや》の安次郎《やすじろう》という殺し人である。安次郎は、渡世人だった。中山道《なかせんどう》の深谷宿のそばで生まれ育ったことから、深谷の安次郎と呼ばれている。

安次郎は三十半《なか》ば、面長でのっぺりした顔をしていた。左の眉から頬にかけて刀傷があった。身装《みなり》は遊び人ふうだが、渡世人らしい飢えた狼のような雰囲気を身辺にただよわせている。

安次郎は深谷宿で人を斬り、江戸へ逃れてきて浅草の賭場にもぐり込んでいた。たまたま、地獄屋に出入りしている無宿人が、賭場で諍《いさか》いをおこして斬り合いになった。居合わせた安次郎が、その男を助けたのが縁で島蔵と知り合ったのである。

安次郎は長脇差《ながどす》を巧みに遣った。博奕打ちの出入りなどで身につけた喧嘩殺法だが、殺しの腕はよかった。

地獄屋には、もうひとり孫八《まごはち》という殺し人がいたが、座敷に孫八の姿はなかった。

平兵衛は右京と安次郎に目礼してから腰を下ろし、

「どんな話かな」

と、島蔵に訊いた。

「まず、一杯《いっぺえ》やってからにしやしょう」

島蔵が猪口を手渡し、平兵衛についでやった。

いっときすると、小女《こおんな》が平兵衛に酒肴《しゅこう》の膳を運んできた。その小女が座敷を出てから、

「大川端で、辻斬りがあった話を聞いてますかい」

島蔵が、三人の男に目をやりながら話を切り出した。右京と安次郎にも、まだ何も話してないようだった。

平兵衛たち三人が、無言でうなずいた。

「一昨日《おととい》、狙われた室田屋のあるじの彦三が来やしてね」

島蔵は、彦三が殺しと用心棒を頼んだ経緯《いきさつ》をかいつまんで話した。

「相手が分からないのですか」

右京が小声で言って、猪口をかたむけた。右京は酒が強いらしく、ほとんど顔にあらわれなかった。

「むずかしい殺しだが、それだけ殺し料は高い。武士が百五十、町人が七十」

島蔵は声を落として言った。

どうやら、八十両が島蔵のふところに入るらしい。平兵衛たち殺し人は、島蔵のふところにも金が入ることは知っていた。ただ、島蔵が依頼人からいくらで受けたのかは知らなかったし、聞くこともなかった。元締めと殺し人は、お互いを信頼してこそ関係が成り立つのである。

「それに、用心棒代は別に出すそうだ」

島蔵が言い添えた。

平兵衛たち三人は無言で顔を見合っていたが、

「受けましょう」

と、右京が静かな声で言った。何を考えているのか、表情も動かさない。

「おれも、受ける」

つづいて、安次郎が言った。

「それで、旦那は」

黙っている平兵衛に、島蔵が訊いた。

「わしはやめる。今度の殺しは、ふたりにまかせよう」

平兵衛が小声で言った。

平兵衛は、相手も知れない仕事を安易に受けられない、と思った。平兵衛は殺しを受けるとき、ことのほか慎重だった。簡単に引き受けなかったし、これなら斬れる、と踏んでからでないと仕掛けなかった。その慎重さがあったからこそ、殺し人としてこの歳になるまで生きてこられたのである。

「それじゃァ、片桐の旦那と安次郎さんに頼みますかい」

そう言って、島蔵はふところから袱紗《ふくさ》包みを取り出した。島蔵も、平兵衛が慎重であることは知っていて、無理強《じ》いはしないのだ。

島蔵との話で、右京が武士、安次郎が町人の殺しを受けることになった。

「まず、片桐の旦那に半金」

そう言って、島蔵は右京の膝先に八十両を置いた。残りの七十両は、仕事が済んでからということである。

島蔵は同じように安次郎にも半金を手渡した。

その後の話で、彦三の用心棒も右京と安次郎が引き受けることになった。

「安田の旦那には、また今度ということで」

島蔵はすまなそうな顔をして銚子を取った。せっかく呼び出したのに、平兵衛の手には一銭も渡らなかったからである。

「わしも、歳でな。のんびり刀研ぎでもやってる方が性分に合っているのだ」

平兵衛は目を細めて猪口をかたむけた。本心だった。このところ、できれば殺しは引き受けたくなかったのである。

6

夕日が、大川の川面に映《は》えていた。風のない雀色《すずめいろ》どきである。

夕日を淡く映した川面を、猪牙舟や箱船などがゆっくりと上下している。時がとまったような静かな夕暮れどきだった。

平兵衛は本所石原《いしはら》町を歩いていた。稲葉《いなば》という御家人に刀の研ぎを頼まれ、その刀を受け取りにいった帰りである。

岸辺に寄せる川波の音が聞こえ、対岸の浅草御蔵《おくら》の土蔵が、淡い夕闇のなかに黒く浮かびあがったように見えていた。

大川端の通りには、ぽつぽつと人影があった。仕事を終えた出職の職人、ぼてふり、物売りなどが、沈む夕日に急《せ》かされるように足早に歩いている。

前方の両国橋の方からふたり連れが、やってきた。ひとりは老齢の武士で、もうひとりは手ぬぐいで頬っかむりした町人である。町人が、武士の脇から何やらしきりに話しかけていた。

ふと、武士の足がとまった。平兵衛の方を見つめている。遠目にも、武士が戸惑っているような様子が見てとれた。

平兵衛も武士の顔を見た。どこかで見たような顔だと思ったが、だれなのか思い出せない。

武士が町人に何やら話しかけた。すると、町人はちいさくうなずき、両国橋の方へ足早に引き返していった。

「やはり、安田か」

近寄ってきた老武士が、破顔した。

「……」

だれなのか、見覚えのある顔なのだが、思い出せない。

「わしだ、わしだ、島田《しまだ》だよ」

「島田か！」

思い出した。島田武左衛門《ぶざえもん》である。

若いころ、平兵衛は小石川《こいしかわ》にある金剛流《こんごうりゅう》の道場で剣術を学んでいた。島田はそのとき同門だった男である。歳も余り離れていなかったこともあり、ともに競い合った仲だった。ただ、お互いの顔を見なくなって二十年余も経つ。思い出せなくても、無理はない。ふたりとも、すっかり老いて顔付きも変わってしまっている。

平兵衛の家は五十石取りの御家人だったが、父親がささいなことで上役を斬り、家が潰《つぶ》れてしまった。そのために道場を去り、島田とも別れたのである。その後、平兵衛は極楽屋に出入りするようになり、殺しに手を染めるようになったのだ。

「おぬし、息災《そくさい》そうだな」

路傍に立ったまま平兵衛が言った。

「体だけはな。……どうだ、久し振りに一献《いっこん》」

島田が目を細めて言った。

「それはいい」

平兵衛は、すぐに同意した。久し振りに、島田と旧交を温めてみたくなったのである。

ふたりは、両国橋の方に歩いた。両国橋のたもと付近に手頃なそば屋か料理屋があるはずである。

両国橋の東の橋詰からすこし歩いた竪川沿いに、荻乃屋《おぎのや》という小料理屋があった。ふたりは、その店の座敷に腰を落ち着けた。

女中が酒肴を運んできて、一献酌《く》み交わした後、

「おぬし、稽古《けいこ》をつづけているようだな」

と、平兵衛が島田の体付きに目をやりながら言った。

顔は皺《しわ》が目立ち、老人特有の肝斑《しみ》も浮いていたが、体にはひきしまった筋肉がついていた。腕も首も太く、腰もどっしりと据わっていた。島田がいまでも剣術の稽古をつづけていることは、すぐに分かった。

「なに、ちかごろはなまけていてな。稽古より、こっちの方に執心だよ」

島田は苦笑いを浮かべて、杯をかざした。

「道場の方は、つづけてるんだろう」

平兵衛が訊いた。

道場に通っていたころ、島田は御家人の冷や飯食いだった。平兵衛が道場を去って七、八年経ったとき、島田が本郷《ほんごう》に道場をひらいたという噂を耳にした。その後、数年して島田と路傍で偶然鉢合わせしたとき、道場はつづけていると聞いた覚えがある。

「いや、看板は出しているが、門弟が集まらんでな。倅《せがれ》にまかせているが、閑古鳥《かんこどり》が鳴いてるよ」

島田は自嘲するように言った。

「そんなことはあるまい。親子で道場をやるなど、うらやましいかぎりだ」

平兵衛はそう言ったが、閑古鳥が鳴いているというのは事実だろうと思った。

島田道場には門人が集まらない、という話を何度か耳にしたことがあったのだ。

理由はこうである。この時代(天保《てんぽう》七年、一八三六)、江戸では、千葉周作《ちばしゅうさく》の北辰一刀《ほくしんいっとう》流、玄武館《げんぶかん》、斎藤弥九郎《さいとうやくろう》の神道無念《しんとうむねん》流、練兵館《れんぺいかん》、桃井春蔵《もものいしゅんぞう》の鏡新明智《きょうしんめいち》流、士学館《しがくかん》などが大勢の門弟を集めて隆盛していた。

そうした道場は、竹刀と防具による試合形式の稽古を取り入れていた。試合形式の稽古は従来の組太刀《くみたち》のそれよりおもしろいし、勝敗によって己《おのれ》の実力を知ることもできる。そのため、武士の子弟だけでなく町人や百姓までが剣術の稽古をするようになり、かれらはこぞって試合稽古を行っている道場に集まった。むろん、時代の背景もある。この時代、あいつぐ外国船の来航や攘夷論などの影響で尚武熱が高まり、武術を学ぶ者が急激に増えたのである。

ところが、島田道場は試合稽古を取り入れなかった。島田は頑固に木刀を使った組太刀の稽古だけを門人たちに強《し》いたのだ。金剛流が、組太刀による稽古を行っていたこともあるが、竹刀で打ち合っても真剣勝負の役には立たぬ、というのが、島田の持論であった。

そのため、島田道場には門弟が集まらなかった。平兵衛は、ちかごろ島田道場という名も聞かなくなったので、潰れてしまったのではないかと思っていたほどである。

「ところで、おぬしは何をしている？」

島田が、平兵衛の杯に酒をつぎながら訊いた。

「わしは、これさ」

平兵衛はかたわらに置いてある刀箱を指差した。稲葉家からあずかってきた刀が入っている。

「刀のようだが」

島田が怪訝な顔をした。

「そうだ。研ぎ師が生業《なりわい》だ」

殺し人のことを、口にするわけにはいかなかった。

「道場主などよりいいな。……わしも、剣など早く捨てればよかったよ」

そう言って、島田は視線を落とした。その顔に暗い翳《かげ》が浮いた。暮らしが荒れているのかもしれない。身辺に殺伐とした雰囲気がただよっている。

「若いころ、身につけたものを簡単に捨てるわけにはいかぬからな」

平兵衛は己のことを思った。己の体も血の臭いにつつまれているにちがいない。結局、剣を捨てられず、殺し人という闇の世界の稼業で口を糊《のり》しているのである。

それから、ふたりは昔のことを話しながら酌み交わし、一刻（二時間）ほどして荻乃屋を出た。

「そのうち、道場を建て直すつもりでいる。そうしたら、一度見に来てくれ」

店先でそう言い残して、島田は離れていった。

「それじゃァ、安次郎さん、お願いしますよ」

彦三が、笑みを浮かべて言った。

7

深川、今川町《いまがわ》。仙台堀《せんだいぼり》沿いの大島屋《おおしまや》という料理屋の店先だった。この日、彦三は得意先との商談のために大島屋へ来ていたのだ。

安次郎と右京は用心棒として、交替で室田屋に顔を出していたが、今日は安次郎の番だった。

彦三は出がけに、遅くはなりませんが、念のためです、と言って、安次郎を大島屋に同行した。安次郎は彦三の商談が終わるまで別の座敷で酒を飲み、いま店先でいっしょになったのである。

暮れ六ツ（午後六時）の鐘が鳴ったばかりだった。西の空には残照があり、まだ通りは明るかった。ぽつぽつと人影もある。彦三は暗くならないうちに店に帰るため、商談を早く切り上げたようである。

「あっしが、後ろを歩きやしょう」

安次郎は、彦三のすぐ後ろについた。後方からの不意打ちを避けるためである。

ふたりは、仙台堀沿いの道を東にむかい、掘割にかかる松永橋の手前を右手にまがった。黒江町にある室田屋へ行く近道である。堀端の細い通りで、表店は板戸をしめてひっそりとしていた。

深川は河川や掘割の多い町である。舟運が盛んで、河川や掘割には荷を積んだ猪牙舟や艀《はしけ》などを、いたる所で見ることができる。

ふたりの左手につづく掘割にも荷を積んだ猪牙舟が見えた。陽が沈み、淡い夕日につつまれた水面に、舟の影がゆっくりと遠ざかっていく。

ふと、背後で足音がした。

安次郎が振り返った。遊び人ふうの男が、ふところ手をして足早に近付いてくる。すこし前屈みで歩いてくる姿に殺気があった。

――やつか！

安次郎は、彦三の命を狙っているひとりではないかと思った。

「安次郎さん！　前にも」

彦三がひき攣《つ》ったような声を上げた。

見ると、前方の路傍の稲荷《いなり》のそばに二刀を帯びた武士がひとり立っていた。黒布で頬っかむりしている。腰の据わった偉丈夫である。

武士は腰の刀に左手を添えて、足早に迫ってきた。獲物を追う猛獣のような猛々《たけだけ》しさがある。

──年寄りじゃァねえ！

安次郎は、その体軀と敏捷《びんしょう》そうな動きから若者のような気がした。島蔵から聞いていた老武士とはちがうようだが、殺し人らしい。

安次郎は、ふたりを相手に彦三を守るのもむずかしいと思った。

「旦那、後ろへつっ走って、逃げてくれ」

安次郎が声を殺して言った。後ろの町人体の男の方がやりやすいと踏んだのだ。

「分かった」

彦三も事態を察知したようだ。すばやく羽織を脱ぎ、着物の裾《すそ》を端折《はしょ》って両脛《はぎ》をあらわにした。脱いだ羽織を右手につかんでいる。それで、敵の刃物から身を守る気のようだ。

顔はこわばっていたが、恐怖や怯えの色はなかった。商人らしからぬ剽悍《ひょうかん》そうな顔である。本性をあらわしたのかもしれない。

安次郎は反転して、迫ってくる遊び人ふうの男の方へ駆け出した。彦三がすぐ後ろをついてきた。それを見て、武士も走りだした。

「ここは通さねえ!」

遊び人ふうの男が、ふところから匕首を抜いた。細い目をした三十がらみの男である。

兵吉だったが、安次郎は兵吉の顔を知らない。

安次郎は走りざま長脇差を抜いた。

「野郎!」

安次郎は一気に兵吉の前に走り寄り、たたきつけるように斬りつけた。構えも牽制もなかった。体ごとぶち当たっていくような斬撃である。

その刀身を、兵吉が匕首で受けた。

キーン、という甲高い金属音がひびき、夕闇に青火が散った。

と、兵吉が背後によろめいた。安次郎の激しい斬撃に体勢をくずしたのだ。

「旦那、いまだ!」

安次郎が叫ぶや否《いな》や、彦三は手にした羽織を兵吉の顔に投げ付け脇をすり抜けた。

彦三の動きは敏捷だった。足も速い。

「ま、待ちゃァがれ!」

兵吉が羽織を払い、彦三に追いすがろうとした。

その肩口へ、安次郎が斬りつけた。

兵吉の肩口の着物が裂け、肌に血の線がはしった。だが、かすり傷である。兵吉は脇へ跳び、腰を低くして身構えた。

安次郎がさらに斬り込もうとしたとき、背後から迫る人の気配と鋭い殺気を感じた。

安次郎は反転した。

すぐ、眼前に武士の姿があった。八相に構えた白刃が夕闇のなかで銀蛇のようにひかっている。

タアッ！

鋭い気合とともに、武士の斬撃が袈裟にきた。

迅《はや》い！

安次郎は閃光を目にするのと同時に、肩口に強い衝撃を感じた。

長脇差で受ける間もなかった。肩から胸にかけて肌が裂け、血が噴いた。安次郎は長脇差を構えることもできず、だらりと両腕を下ろしたままよろめいた。

その背後から、武士が刀を一閃させた。

骨音とともに安次郎の首が前にかしぎ、首根から血が噴出した。安次郎は血を撒《ま》きながらくずれるように転倒した。悲鳴も呻《うめ》き声もなかった。即死である。

「旦那、彦三は逃げちまいやしたぜ」

兵吉が、武士のそばに来て言った。

「あの男も、ただの鼠《ねずみ》ではないようだな」

武士は、安次郎の袖口で血刀を拭って納刀した。

「こいつも、ただの犬じゃァねえようで」

兵吉が、倒れている安次郎の腰のあたりを爪先《つまさき》で蹴った。

「殺し人かもしれぬ」

「脇差を遣ったところをみると、渡世人かもしれねえ」

「いずれにしろ、この男は斬ることになったろう」

そう言って、武士は黒布の頬っかむりを取った。

やはり、老武士ではなかった。歳は二十半ば、色の浅黒い目付きの鋭い武士である。

ふたりは、暮色に染まった掘割沿いの道を歩きだした。安次郎の死骸は路傍に横たわったままである。

第二章　狙《ねら》われる男たち

1

障子の向こうに、大川の川面を溯《さかのぼ》っていく猪牙舟が見えた。客をひとり乗せていた。これから吉原《よしわら》にでも出かけるのかもしれない。初秋の陽射しにかがやく川面を、舟は流れに逆らってゆっくりと上っていく。のどかな昼下がりである。

そのとき、階段を上がってくる足音がした。島蔵は川面から廊下の方に目をむけた。

障子があき、恰幅《かっぷく》のいい大店《おおだな》の旦那ふうの男が姿を見せた。四十がらみ、耳朶《じだ》が大きく頰のふっくらした福相の主である。鼻の脇に豆粒ほどの疣《いぼ》があった。

「お待たせしました。あるじの義六《ぎろく》でございます」

義六は愛想笑いを浮かべ、揉み手をしながら座敷に入ってきた。

「なかなかいい店ですな」

島蔵も目を細めて笑みを浮かべた。

柳橋の料理屋、美田屋《みたや》の二階の座敷だった。

島蔵は、極楽屋を訪ねてきた美田屋の若い衆《し》から、あるじがおりいって頼みたいことがあるので、店に来ていただけないか、と言われ、こうして訪ねて来たのである。

島蔵は奉公人の斡旋か、借金の取り立てだろうと思っていた。そうした依頼が口入れ屋をしている島蔵の許にときたま来るのである。

「いま、酒を運んできますから」

そう言って、義六は島蔵と対座した。

いっとき、ふたりで時候の話をしていると、障子があいて、女中がふたり分の酒肴の膳を運んできた。

「まずは、一献」

義六が銚子《ちょうし》を取って、島蔵の杯に酒をついだ。

その酒を飲み干したところで、

「それで、どんなお話でしょうか」

と、島蔵が切り出した。

「島蔵さんを、閻魔さまと知っての依頼でして」

義六が急に声をひそめて言った。島蔵を見つめた細い目が、刺すようなひかりを帯びている。どうやら、義六もただの料理屋の主人ではないようだ。殺しの依頼ということらしい。

「そうですか」

島蔵の顔から愛想笑いが消え、殺し人の元締めらしい物言いになった。

「ちかごろ本所や深川で、たてつづけに辻斬りがあったのは、ご存じですよね」

「知ってるが」

殺されたひとりは、地獄屋の殺し人の安次郎だった。むろん、安次郎が殺し人であったことは、町方も気付いていない。

「わたしも狙《ねら》われてるような気がしましてね」

義六は、すこし膝を寄せて言った。

「何か、思い当たることでも？」

「はい、二度、うろんな男に尾《つ》けられました」

義六によると、最初は遊び人ふうの男に尾けられ、二度目は深編笠で顔を隠した武士に尾けられたという。二度とも、すぐに知り合いの店に逃げ込みことなきを得たそうである。

「それで、命を狙われてるような気がしましてね」

義六の顔がいくぶんこわばっていた。

「辻斬りとはちがうようだが、心当たりは？」

義六の話が事実とすれば、辻斬りというより殺し人が命を狙っているとみた方がいいようである。

「それが、まったく……。このような店をやっていますと、多少客との諍《いさか》いはありますが、命を狙われるようなことは」

義六は強く首を横に振った。

「そうですかい。で、頼みというのは」

「あたしの命を狙っている者たちを始末して欲しいんです」

そう言って、義六が島蔵を見つめた。

「うむ……」

室田屋の彦三と同じ依頼である。しかも遊び人ふうの町人と顔を隠した武士の組み合わせから見て、相手も同一人ということになりそうである。それにしても、二度尾行されただけで相手を始末して欲しいというのは、すこし性急過ぎないだろうか。

「ところで、美田屋さん、深川黒江町の室田屋さんをご存じで」

島蔵が訊いた。ふたりに何かつながりがあるような気がしたのである。

「いえ、知りません」

義六は慌てた様子で首を横に振った。

「本所の米屋、岡島屋徳兵衛さんは？」

徳兵衛も、同じ下手人の手にかかったとみられていたのだ。

「徳兵衛さんの名は知ってましたが、お会いしたこともございません」

「そうですかい」

島蔵は、義六が何か隠しているような気がしたが、それ以上訊かなかった。殺し人は町方とはちがうのである。

「どうです、この依頼、受けていただけますか」

義六がすがるような目をして訊いた。

「相手は、ふたりでなく三人かもしれませんよ」

島蔵は安次郎が殺された後、彦三と会ってそのときの様子を聞いていた。それによると、武士は老齢ではなく、若い感じがしたというのだ。しかも、体軀もちがっていたという。となると、彦三を狙っている相手は、老齢の武士、若い武士、それに手引き役をしているらしい町人体の男の三人ということになる。

「三人とも始末してもらいたいのです」

「高くつきますよ」

武士はひとりにつき二百両、町人体の男は百両だと言い添えた。彦三と同じ値である。島蔵は同一人を殺すのにふたりから殺し料を貰うのは気が引けたが、安次郎が殺されたことを考えれば、倍の値でも当然の相手だと思い直したのだ。

「構いませんが、手付けとして半分、残りは始末してからにしていただきたいんで」

義六が小声で言った。

「それでいい」

島蔵が承知すると、義六は立ち上がり一度階下へ下りていったが、いっときしてもどってきた。

「それでは、これで」

義六はふところから袱紗《ふくさ》包みを取り出し、島蔵の膝先に押し出した。

包みを解くと、切り餅が五つずつ二段に並んでいた。二百五十両である。美田屋にとっては大金のはずである。前もって用意していたにちがいない。

「いただきやすぜ」

島蔵は袱紗に包みなおして、ふところにしまった。

「ところで、命を狙われるとなると、相手に覚えがあるはずですがね」

島蔵が声をあらためて訊いた。相手が分かれば、始末がしやすいのである。

「そ、それが、まったく覚えがないのです」

義六は困惑したような顔をして言い淀んだ。

「年寄りと若い二人の武士は？」

「まったく」

分からない、と言って、義六は首を横に振った。

「そうですかい」

やはり、義六は何か隠しているようだ。彦三と同じである。何か言えない理由があるにちがいない。

島蔵は無理に訊かなかった。相手の事情に深入りせずに、依頼された相手を始末するのも殺し人の仕事なのである。

それから、島蔵はそれとなく義六の過去のことを訊いてみたが、言葉を濁すだけでほとんど口にしなかった。

島蔵は、用心棒のことも訊いたが、義六は商売がら用心棒を店に置いておくわけにもいかないので、暗くなったら外へ出ないようにする、と言って断った。

島蔵が腰を上げると、義六が身を寄せて来て、

「閻魔さまにでも、おすがりするしかないんですよ」

と、苦渋に顔をしかめて言った。

2

平兵衛は、要橋の上から極楽屋に目をやった。板場の辺りから、魚を焼いているらしい煙が上がっていた。平屋造りの家屋のまわりは、雑草が生い茂っている。いつもと変わらぬ荒涼とした景色である。

平兵衛は、紺の筒袖にかるさん姿で丸腰だった。ふだん刀を研いでいるときの格好である。鬢《びん》には白髪が目立ち、すこし背筋のまがった姿は腕利きの殺し人には見えない。いかにも頼りなげな老爺である。

平兵衛は、島蔵からの呼び出しの結び文を見て、ここに足を運んできたのである。

極楽屋の店先まで行くと、いつものように男の濁声《だみごえ》や哄笑などが聞こえてきた。酒と煮物の匂いもする。

平兵衛は縄暖簾をくぐって店に入った。その姿を目敏《めざと》く見つけた嘉吉《かきち》が、

「安田の旦那だ」

と、声を上げた。

嘉吉は上州から流れてきた無宿者で、平兵衛のことをよく知っていた。

土間の飯台に五人の男がいたが、それぞれ平兵衛の方に顔をむけて、挨拶するやら頭を下げるやらして迎えた。極楽屋にたむろする男たちは、ほとんど平兵衛のことを知っていたのだ。

「旦那、呼び立てしてすまねえ」

板場から島蔵が顔を出した。店の男たちの声を聞きつけたらしい。

「なに、こっちも元締めの顔を見たくなったのさ」

そう言って、平兵衛は隅の飯台に腰を下ろした。

「旦那と話がある。おめえたちは、むこうで飲んでくれ」

そう言って、島蔵は飯台で飲み食いしていた男たちを奥の座敷に追いやり、板場にいるおくらに酒を持ってくるよう声をかけてから、平兵衛の前に腰を下ろした。

「ちかごろ、だいぶ、凌《しの》ぎやすくなったな」

平兵衛は、差し障《さわ》りのない時候のことを話題にした。

いっときして、おくらが酒肴を運んできた。肴《さかな》は焼いた鰯《いわし》とたくあんだった。さっき板場で上がっていたのは、鰯を焼く煙だったようだ。

「まァ、一杯《いっぺえ》やってくれ」

島蔵が銚子を取った。

「すこしだけにしよう。飲むと仕事にならぬのでな」

平兵衛は、研ぎの仕事に専念していたころ、手が震えるので酒を断っていたのだが、このところすこし飲むようになった。身を引いていた殺しの仕事にふたたび手を染め、それとともに酒も飲むようになったのである。

ふたりでしばらく酒を酌み交わしていたが、

「安次郎が殺《や》られたことは知ってますかい」

と、島蔵が声をあらためて訊いた。

「ああ」

その後、右京が長屋に来て、話したのである。

「安次郎を殺ったのは、若い武士だそうでしてね。室田屋から依頼されたやつじゃァねえようなんで」

「……」

「相手は三人ということになりやしてね。どうしても、旦那の手が借りてえ」

島蔵は、美田屋の義六からも依頼があったことを言い添えた。

「どういうことなのだ」

平兵衛も、辻斬りではないと気付いた。

「彦三も義六も口をとざしてやがるが、何かあって命を狙われてるにちがいねえ」

島蔵は苦々しい顔をして言った。

「何か、いわくがありそうだな。それで、彦三と義六のかかわりは」

「それも、口にしねえんで」

「うむ……」

「何があったか知らねえが、おれたちは頼まれた三人を始末すりゃァいいんで」

「だが、相手が分からぬことにはな」

平兵衛は渋った。

「いずれにしろ、相手は腕利きが三人でしてね。片桐の旦那だけじゃァ荷が重い」

「そうだな」

平兵衛も右京ひとりでは無理だろうと思った。

「何とか手を貸しちゃァもらえませんか」

島蔵は大きな目で平兵衛を見つめながら言った。

「わしのやり方でやってもいいか」

平兵衛は、相手の素性を探り遣う武器や得意技をつかんだ上で、勝てると踏むまでは仕掛けなかった。今度もそれでやるとなると、かなり時間がかかるはずだ。

「そりゃァもう、旦那にまかせやす」

「孫八の手も借りたい」

孫八は匕首を巧《たく》みに遣うが、探索や尾行にも長じていた。岡っ引きなどより、相手の身辺を洗ったり隠れ家を捜し出したりする腕はいいかもしれない。

「孫八にも、声をかけるつもりでいやしたんで」

島蔵はほっとしたように言った。

それから、平兵衛は小半刻（三十分）ほどいただけで、腰を上げた。右京に会って、話しておきたいことがあったのだ。

平兵衛は極楽屋を出た足で、大川の方へ足をむけた。黒江町の室田屋へ行くつもりだった。そこに用心棒として、右京がいるはずである。

右京は、室田屋の帳場の奥の部屋をあてがわれていた。

「ひとりで、退屈してたところです。歩きながら話しましょう」

そう言って、右京は店の外へ出て表通りを歩きだした。

富《とみ》ヶ岡《おか》八幡宮の門前通りからつづく道は、参詣客や遊女目当ての男たちで賑《にぎ》わっていた。八幡宮界隈は岡場所が多いことでも知られた地だった。

そうした賑わいを避けるように、ふたりは大川端へ出た。

「今度の仕事を、わしも受けたよ」

肩を並べて歩きながら、平兵衛が言った。

「それはいい」

右京は目を細めて皓歯《こうし》を見せた。右京にしても、相手が三人になると荷が重かったのである。

「町人はともかく、武士ふたりは遣い手のようだな」

「そのようです」

右京は静かな声音で言った。

「仕掛けるのは、相手の腕を見極めてからにしようではないか」

平兵衛は、このことを言うために右京に会いに来たのである。

「でも、彦三といっしょにいるとき襲われたらどうします」

右京が訊いた。右京は彦三の用心棒もやっていたのだ。

「まず、彦三に襲われるようなところへ行かぬよう言うことだな。それでも、襲われたら逃げる」

右京が足をとめて平兵衛を振り返った。驚いたような色がある。

「そうだ、逃げるのだ。……彦三も逃げ足が速いようではないか」

平兵衛は安次郎が斬られたときの様子を島蔵から聞いていた。島蔵が彦三から聞いたとの又聞きだが、彦三は二度も襲撃者の手から逃れているのだ。

「たしかに彦三の逃げ足は速いようです」

「敵《かな》わぬ敵から逃げるのも、殺し人の腕のうちだ。わしがこの歳になるまで、長生きできたのは逃げ足が速かったからだよ」

「そんなもんですかね」

右京は口元に微笑を浮かべた。

「ああ……」

平兵衛は、それに、おまえが死んだらまゆみが悲しむ、と胸の内でつぶやいたが、口には出さなかった。

「逃げる?」

3

孫八は、大川端の桟橋へつづく石段の陰にいた。そこから美田屋の裏口が見える。孫八は、裏口から話の聞けそうな女中か下働きの者が出て来るのを待っていたのだ。

孫八が島蔵から殺しの依頼を受けたのは、三日前だった。

その際、島蔵は、安次郎さんを斬ったほど腕の立つ相手だ、と前置きしてから殺しを依頼し、

「まず、安田の旦那から話を聞いてくれ」

と、念を押すように言ったのである。

孫八は、その日のうちに相生町の庄助長屋に出かけて平兵衛と会った。

平兵衛はいままでの経緯をかいつまんで話してから、

「ともかく、相手が分からぬでは、手の打ちようがない。それに、依頼人たちが相手のことや狙われるわけを話さないのも気になる。それで、依頼人たちの身辺を洗って欲しいのだ」

と、孫八に頼んだのだ。

「承知しやした」

孫八も、島蔵や平兵衛から話を聞いて、今度の殺しは商売敵《がたき》の諍いや恨《うら》みではないと思い、依頼人たちの身辺を洗ってみる気になったのである。

まず、孫八は最初に殺された本所の米屋、岡島屋徳兵衛のことを洗った。近所の店をまわって聞き込んでみたのだ。

徳兵衛は、六年前潰れかけていた岡島屋を買い取って商売を始めたのだという。それまでは、品川《しながわ》で小体な舂米屋《つきまい》をやっていたそうである。

女房はいたが、子はいなかった。五人いる奉公人の面倒見もよかったとかで、徳兵衛を恨んでいる奉公人もいないようだった。

徳兵衛の死後、女房が店を切り盛りし、奉公人たちもいままでと同じように働いているとのことである。

徳兵衛に関して特に不審なことはなかったので、孫八は岡島屋の探索を早々に切り上げ、美田屋を調べることにしたのだ。

孫八がその場にひそんで半刻（一時間）ほどしたときだった。美田屋の裏口から、初老の男が出てきた。小柄で、猫背だった。陽に灼《や》けた浅黒い肌をしている。船頭だろうか、美田屋の印半纏《しるしばんてん》を羽織っていた。美田屋は店に来る客を乗せるために船頭を雇っているのだろう。

男は裏口から出てきて、孫八のいる桟橋の方に近付いてきた。

孫八は立ち上がった。男は桟橋へ下りる石段の手前にいる孫八を目にして、驚いたように足をとめた。

「美田屋の船頭さんかい」

孫八が訊いた。

「そうだが、おめえさんは」

男の顔に怪訝そうな表情が浮いた。

「屋根葺《やねふ》きをしてる松七《まつしち》ってえ者《もん》だが、ちょいと訊きてえことがあってな」

孫八はすばやくふところから巾着を取り出し、男に一朱銀を握らせた。

松七とは、咄嗟に頭に浮かんだ偽名である。孫八は元々屋根葺き職人だったし、職人らしい格好で来ていたので、そのことで不審をもたれる心配はなかった。

「屋根屋が何を訊きてえんだい」

男は、石段を桟橋の方へ下りながら言った。いくらか愛想がよくなった。一朱が利《き》いたらしい。

その後をついていきながら、孫八は、

「美田屋の裏手の屋根が、すこし傷んできたようなのでな。屋根を葺き替えるようなら、仕事をさせてもらおうかと思ってよ」

と、適当に言いつくろった。

「屋根のことは、おれには分からねえ」

男は首を横に振った。

「ところで、あるじの義六さんには家族がいるのかい」

孫八は世間話でもするような調子で訊いた。

「いや、独《ひと》り者《もん》だよ。もっとも、女将《おかみ》さんとは他人じゃァねえようだがな」

男は足をとめて、口元に卑猥《ひわい》な嗤《わら》いを浮かべた。店のお房《ふさ》という女将が、義六の情婦《いろ》ということらしい。

「義六さんは、いつごろから美田屋を始めたんだい」

「六年ほど前だが、おめえ、ほんとに屋根屋かい」

男は不審そうな顔をして孫八を見た。

「疑うなら、おめえの塒《ねぐら》の屋根を葺いてやろうか。これでも腕は確かだぜ」

「いや、一昨日《おととい》な、親分が来て、同じようなことを訊いたからよ」

男は舫《もや》ってある猪牙舟の方に目をやってから、ふたたび石段を下り始めた。

「親分とは?」

「八丁堀の手先よ」

「岡っ引きか……」

岡っ引きが、なぜ義六を調べているのか、孫八には分からなかった。まだ、義六が襲われたり、金を奪われたりしたことはないはずだった。

「盗人《ぬすっと》でも、店に入ったんじゃァねえのか」

孫八は適当に訊いてみた。

「そんなことはねえ」

男は首を横に振った。

「ところで、侍が店に談判に来るようなことはなかったかい」

孫八は、義六を狙っている武士と、何か諍いがあったのかもしれないと思って訊いてみた。

「おめえ、何を訊きてえんでえ。屋根の葺き替えのことじゃァねえのか」

男は、すこし声を荒立てて急に足を速めた。執拗《しつよう》な孫八の問いに不審をもったようだ。

「そうそう、屋根だ。旦那に、屋根が傷んでるようだと、言っておいてくれ」

そう言って、孫八は足をとめた。

栈橋に出た男は舟に乗り込んで舫い綱をはずし、

「店は、六年前に建て直したばかりだよ」

と言い残して、舟を出した。

店の客を迎えにでも行くらしい。

孫八は、栈橋の上で、いっとき川下へ遠ざかっていく舟を見送っていたが、きびすを返して石段を上り始めた。今日のところは、このまま帰るつもりだった。

翌日も、孫八は美田屋を探りにきた。今度は女中でも呼び止めて話を聞こうと思い、昨日の石段の陰へ行こうとしたが、その足がとまった。

孫八が昨日ひそんでいた陰に、人影があったのだ。

——駒造だ！

その横顔に見覚えがあった。深川を縄張にしている岡っ引きの駒造である。

孫八は、すぐにきびすを返し、その場を離れた。駒造に、美田屋を探っていることを知られたくなかったのだ。

それにしても、なぜ駒蔵が義六を探っているのだろうか。孫八には分からなかった。

4

翌日、孫八は黒江町の室田屋に足をむけた。主人の彦三の身辺を洗うためである。義六の調べは中途半端だったが、駒造の鼻先で動きまわることはできなかったので、先に彦三を調べてみようと思ったのである。

室田屋には右京が用心棒としてもぐり込んでいるので、店の奉公人や下働きの者からは訊きづらかった。それで、近所の店をまわって訊いてみることにした。

室田屋のある表通りは、富ケ岡八幡宮の一ノ鳥居から近かった。料理茶屋や妓楼《ぎろう》などが多く、賑やかな繁華街である。

孫八は、室田屋のちかくの路地にある古い飲み屋や小料理屋などをまわった。小体な店の方が話を聞きやすいのだ。

三軒ほどまわると、彦三のことがだいぶはっきりしてきた。彦三は、五年前にいまの場所にあった小体な銅物屋を買い取り、店を大きく建て替えていまのようにしたのだという。

「それまでは、どこにいたんだい」

孫八は三軒目に入った飲み屋の親父に訊いた。

「四ッ谷《よや》の方で、古着屋をやってたそうですぜ。それで、金を溜《た》めて、ここへ越してきたとか」

赤ら顔の親父は、孫八に酒をつぎながら言った。

「女房や子は?」

「若え女房でしてね。……三つになる男の子がひとりおりやす」

親父によると、彦三はいまの場所で銅物屋の商売を始めてから、近所の料理屋で働いていた女中を女房にもらったのだという。

「そうかい」

徳兵衛や義六と似てるな、と孫八は思った。三人とも五、六年前に越してきて、あらたに店を始めたのである。

「番頭の文治が、殺されたそうじゃァねえか」

孫八は世間話でもするように口にした。

「へえ、大川端でバッサリと。……大きい声じゃァいえませんがね、あるじの彦三さんは、自分も殺られるんじゃァねえかと怖《こわ》がって、暗くなると外に出ねえようですぜ。それに、牢人者の用心棒までおいてるそうで」

親父は目をひからせて言った。この手の噂話が好きらしい。

「いくらなんでも、そこまで、しなくってもいいんじゃァねえのか」

孫八は水をむけるように言った。

すると、親父は孫八に身を寄せるようにして、

「近所の者は噂してるんですよ」

と、耳元でささやいた。

「何を？」

「その用心棒が、若くて男前。……用心棒じゃァなくて、薹《とう》が立った旦那の色子《いろこ》じゃァねえかって」

色子とは歌舞伎《かぶき》若衆の男娼のことである。

「まさかァ」

孫八は、思わず笑いだした。

その用心棒は、右京である。色白の端整な顔立ちをしているが、鏡新明智流の遣《つか》い手で凄腕の殺し人なのである。もっとも、親父も近所の者も、殺し人などとは思ってもみないだろう。遊廓の多い花街《はなまち》だけあって、外見だけですぐに男娼と結びつけたようだ。

――薹の立った色子かい。

孫八は、右京が知ったらどう思うか想像したら、急におかしくなったのだ。

「ところで、本所の岡島屋徳兵衛を知ってるかい」

笑いがおさまったところで、孫八が訊いた。

「知りませんが」

「柳橋の美田屋は」

「名は聞いたことがありやすが、行ったことはねえ」

親父の顔に警戒の色が浮いた。ただの世間話ではなく、訊問でもされていると、感じたのかもしれない。

「なに、岡島屋と美田屋は室田屋の親戚筋だと耳にしたことがあるんで、訊いてみたわけよ」

孫八は適当に言いつくろった。

それから、孫八は女郎屋や両国広小路《りょうごくひろこうじ》の見世物のことなど、たわいのない世間話をしてから飲み屋を出た。

通りは暮色に染まり始めていた。狭い路地から笑い声や嬌声、酔客の濁声などが聞こえてきた。赤提灯《ちょうちん》の灯《ひ》や障子から洩《も》れる灯が地べたに落ち、淫靡《いんび》な雰囲気をかもしだしている。

――だれかいる！

その路地が表通りにつながる角に人影があった。

小太りの男がひとり、小間物屋の陰から通りの先に目をやっていた。歳は二十代半ばだろうか。縞柄《しまがら》の着物を尻《しり》っ端折《ぱしょ》りし、雪駄《せった》履きである。どうやら、室田屋を見張っているようである。

孫八は、駒造の手先か、と思ったが、そうではないようだった。見覚えのない顔だし、遊び人のような軽薄で荒《すさ》んだ雰囲気がある。

――彦三を狙ってるやつか！

町方でないとすると、それしか考えられなかった。二人の武士といっしょにいた町人体の男ではないか、と孫八は思ったのだ。

孫八は表戸をしめた店の陰に身を寄せた。そこから男を見張り、尾行して正体をつきとめるつもりだった。

男はなかなか動かなかった。彦三が店から出るのを見張っているのかもしれない。路地は夜陰につつまれ、表通りの人影もだいぶすくなくなってきた。

孫八が身を隠して半刻ほどしたとき、やっと男が小間物屋の陰から通りへ出た。そして、ぶらぶらと室田屋の方へ歩いていく。

すこし間をおいて、孫八も通りへ出た。孫八は軒下闇や物陰をつたいながら、男の跡を尾《つ》けていく。

すでに、室田屋は表戸をしめていた。灯が洩れているので起きている者はいるようだったが、ひっそりと静まりかえっている。

男は室田屋の前で足を弱めたが、立ち止まることもなくそのまま店先を通り過ぎた。どこへ行く気なのか、男は大川端へ出て永代橋を渡った。

男は日本橋川沿いを歩き、行徳《ぎようとく》河岸へ出ると、通り沿いにあった小料理屋に入っていった。掛行灯に八津屋《やづや》と記してある。

孫八は、いっとき日本橋川の岸辺から八津屋の店先に目をやっていたが、男が出てくる気配はなかった。

――今夜は、これまでか。

店に入って訊くわけにもいかなかった。孫八は、明日出直して男の正体を探ってみようと思った。

翌日、八津屋のちかくで聞き込むと、八津屋には、お政《まさ》という女将、板場にいる初老の利吉《りきち》、それにおたまという通いの女中がいることが分かった。

八津屋のちかくにあった酒屋の主人に、袖の下をつかませてから、昨夜、跡を尾けた小

太りの男のことを訊くと、

「客じゃァありませんかね。あの店は、そういう感じの男がよく出入りしているようですよ」

と、小馬鹿にしたような物言いをした。八津屋のことをよく思ってないようだ。

「おたまという女が、店に来るのは何刻《なんどき》ごろだい」

孫八は、おたまから様子を訊いてみようと思った。

「陽の沈む前に、来るようですよ」

「そうかい」

孫八は、おたまの年格好と人相を訊いてから酒屋を出た。

5

——あの女かな。

孫八は、日本橋の方から足早にやってくる太り肉《じし》の大年増を目にとめた。酒屋の主人が話した頬のふっくらした目の細い女である。

「おたまさんですかい」

孫八は、近寄って声をかけた。

「そうだけど。だれなの、あんた」

おたまは警戒するように孫八を見た。

「へい、包丁人の松七といいやす」

孫八はそう言って、ぺこりと頭を下げた。松七は前と同じ偽名だが、今度は包丁人ということにした。

「それで、あたしに何か用なの」

おたまが、つっけんどんに言った。

「ちょいと、お訊きしてえことがありやしてね」

孫八はおたまに身を寄せ、一朱銀をその手に握らせてから、川岸へ引っ張っていった。通りにつっ立ったまま話を聞くわけにいかなかったのである。

「八津屋で、包丁人を欲しがってると耳にしやしてね。いい店なら、奉公しようかと」

孫八が愛想笑いを浮かべて言った。

「包丁人ねえ。あたしは、勤めてる身だから何とも言えないけど、うちには利吉さんがいるからねえ」

おたまの物言いがやわらかくなった。袖の下が利《き》いたらしい。

「あ、あの……。なんて名だっけかな。二十半ばで、小太りの、いきのいい兄いだが」

「梅次《うめじ》さんのこと」

「そう、その梅次から、八津屋には包丁人がいねえと聞いたもんで」

どうやら、昨夜の男は梅次という名らしい。

「それ、何かのまちがいだよ。梅次さん、昨夜も来て、利吉さんの料理を褒《ほ》めてたもの」

「おれの聞き違いかな」

「そうだよ」

「ところで、女将さんと利吉さんは夫婦なのかい」

「やだ、親子ほども歳がちがうよ」

おたまは大きな口をあけて言った。この手の話は好きらしく、顔に好奇の色が浮いている。

「それじゃァ女将さんは、独り者かい」

「旦那はいないけど、いい男《ひと》がいるのよ」

おたまは、急に声をひそめた。どうやら、お政には情夫《いろ》がいるらしい。

「分かった。梅次だろう」

孫八は鎌をかけてみた。

「ちがうよ。三十がらみで、苦み走ったいい男」

おたまは目をひからせて言った。

「梅次じゃァねえとすると、だれなんだい」

「兵吉さんだよ」

おたまは孫八の耳元でささやいた。

「兵吉か……」

初めて耳にする名だった。孫八は、兵吉も今度の一件にからんでるのではないかと思った。

それから、孫八は兵吉や八津屋に出入りする男のことを訊いたが、おたまは急にしゃべらなくなった。孫八が、ただの包丁人ではないと感じ取ったのかもしれない。

「おたまさん、そのうち八津屋に飲みにいくぜ」

そう言って、孫八はおたまと別れた。

翌日から、孫八は日本橋川の岸辺の柳の樹陰に身を隠して、八津屋に出入りする男を見張った。酒屋のおやじが言っていたとおり、地まわりか遊び人と思われる男が何人か店に入っていったが、梅次も兵吉と思われる男もあらわれなかった。

三日目の夕方、三十がらみで肌の浅黒い、剽悍そうな男が姿を見せた。

――あいつが、兵吉らしいぜ。

おたまが話していた年格好の苦み走った男である。

男は子持縞《こもちじま》の着物を尻っ端折りし、雪駄履きだった。すばしっこそうである。

その夜、孫八は遅くまでねばったが、兵吉らしい男はなかなか店から出てこなかった。

町木戸のしまる四ツ（午後十時）ごろ、店から出てきた船頭ふうの男に、酔ったふりして近付き、言葉巧みに男のことを訊くと、やはり兵吉だった。

――ひとりつかまえて、口を割らせるか。

と、孫八は思った。

梅次や兵吉が、今度の一件にからんでいるかどうか、はっきりさせてから次の手を打とうと思ったのである。

翌日、孫八は庄助長屋に足を運んだ。

平兵衛の部屋の戸口の前に立って、腰高障子越しになかの様子をうかがうと、刀を研ぐ音が聞こえた。平兵衛はいるようである。他に人のいる気配はなかった。

「ごめんなすって」

孫八は障子をあけて声をかけた。

すると、屏風のむこうから平兵衛が顔をのぞかせ、

「孫八ではないか」

と、声をかけた。

「旦那、ちょいとお話が」

孫八が土間に立って言った。

「分かった。すぐいく」

平兵衛は襷《たすき》を外して座敷へ出てくると、まがった腰を伸ばして首をまわした。根をつめて研いでいたので、肩が凝《こ》ったのかもしれない。

6

「外に出よう」

平兵衛が言った。

まゆみは惣菜を買いに出ていたが、いつ帰ってくるか分からなかった。殺しにかかわる話をまゆみに聞かせたくないからである。

ふたりは路地木戸を出て、竪川沿いの通りへ出た。川面が秋の陽射しを反射《はね》てひかっている。米俵を積んだ猪牙舟が大川の方から、ゆっくりと進んできた。静かな水面に波が立ち、ひかりの襞《ひだ》が次々に岸辺に寄せてきてちいさな波音をたてている。のどかな昼下がりである。

「何か、分かったのか」

その舟がふたりのそばを通り過ぎたとき、平兵衛が訊いた。

「まだ、はっきりしやせんが」

と前置きして、孫八は、室田屋を見張っている梅次を見かけて八津屋まで尾けたことから、兵吉を見かけたことまでかいつまんで話した。

「その梅次か兵吉かが、ふたりの武士といっしょにいた町人体の男とみたのか」

歩きながら、平兵衛が訊いた。

「へい、ですが、はっきりしやせん。跡を尾けまわすより、八津屋に出入りする若いのをひとりつかまえて口を割らせた方が早《はえ》んじゃァねえかと思いやしてね」

「そうかも、しれんな」

「それで、旦那の手を借りてえと」

孫八は平兵衛に目をむけて言った。

「いいだろう。わしも、孫八だけにまかせておいて、心苦しかったのでな」

「それじゃァ、明日の夜でも」

そう言って、孫八が足をとめた。

「どこで、会うな」

「暮れ六ツ（午後六時）ごろ、永代橋のたもとで待っていやす」

孫八はそう言い残すと、足早に平兵衛から離れていった。

翌日、西の空が茜色に染まるころ、平兵衛はまゆみに、

「宗順《そうじゅん》さまのところへ行ってくる」

と言い置いて、長屋を出た。

宗順は、平兵衛が弟子入りした刀研ぎの師匠である。平兵衛が宗順の許を去って数年経つが、いまだに師弟の関係だけはつづいていた。ただ、平兵衛はときどき宗順のところへ行くと言って出かけるが、実際は殺しの仕事で家をあける口実にすることが多かった。

平兵衛はいつもの筒袖にかるさん姿だったが、念のため愛刀の来国光《らいくにみつ》一尺九寸を帯びていた。国光は身幅の広い剛刀だが、通常の刀より刀身を三、四寸短く詰めてあった。小太刀の動きをとりいれるため、平兵衛の手で短くしたのである。

永代橋のたもとで、孫八が待っていた。

「待たせたかな」

平兵衛が近寄って声をかけた。

「いえ、あっしも来たばかりで」

「まいろうか」

ふたりは、永代橋を渡った。

永代橋は大勢の人が行き交っていた。仕事帰りの職人や風呂敷包みを背負った店者、子供連れの女などが夕闇に急かされるように足早に過ぎていく。頼りなげな老爺の平兵衛と職人らしい孫八を見て、腕利きの殺し人だと思う者はいないはずである。

永代橋を渡り、新堀町を過ぎて行徳河岸へ出ると、あたりが夕闇につつまれてきたこともあって、急に人通りがすくなくなった。それでも、ちらほらと通行人の姿が見られた。

「旦那、あの店で」

日本橋川の岸辺に立って、孫八が斜向《はす》かいの店を指差した。

「ひらいているようだな」

戸口の掛行灯に灯が入っていた。

「あっしが、様子を見てきやす」

そう言い残すと、孫八は通りすがりの男のふりをして、八津屋の店先に近寄った。

孫八は、戸口の格子戸のそばに身を寄せて耳をかたむけているようだったが、すぐにその場を離れた。そのまま日本橋の方に半町（約五十メートル）ほど歩き、きびすを返して平兵衛のそばへもどってきた。

「何人か、客はいるようですぜ」

孫八が言った。

「しばらく、待つしかないな」

平兵衛は周囲に目をやった。身を隠す場所はないか、探したのである。

すこし離れた日本橋川の岸辺が、丈の高い葦《よし》や芒《すすき》などの茂った土手になっていた。そのなかに屈んでいれば、八津屋の店先は見えるし、身も隠せそうだった。

「あそこがいいだろう」

「足場が悪いですぜ」

「葦のなかで、川風に吹かれているのも乙《おつ》かもしれん」

ふたりは丈の高い雑草のなかに身を隠して、店先を見張った。

弦月が出ていた。澄んだ夜気のなかに、青白い月光が降りそそいでいる。静かな夜だった。虫の声が、ふたりをつつむようにすだいている。

夜になると、日本橋川沿いの通りも寂しくなり、あまり人影は見られなくなった。ときおり、飲みにきたらしい船頭ふうの男や足元のさだまらない飄客《ひょうかく》、それに夜鷹らしい女などが通り過ぎていく。

そのとき、八津屋の格子戸があき、男がひとり姿を見せた。

「旦那、梅次だ！」

孫八が声を殺して言った。

梅次は、縞柄の着物を着流し雪駄履きで肩を振りながら通りへ出てきた。永代橋の方へ歩いていく。

「ちょうどいい。やつをおさえよう」

平兵衛は、室田屋を見張っていた梅次なら殺し人たちのことを知っているだろうと思った。

「ここで、つかまえますかい」

孫八が立ち上がった。

「待て、すこし尾けよう」

平兵衛が制した。

日本橋川沿いの通りは人影もすくなかったが、ときおり酔客や夜鷹そば屋が通ったりする。それに、小料理屋や飲み屋などがまだ商売をつづけていて、どの店から客が出てくるか分からなかった。後の始末も考えると、梅次を捕らえるところをだれにも目撃されたくなかったのである。

梅次が半町ほど離れたところで、ふたりは通りへ出て跡を尾け始めた。

前を行く梅次は、新堀町を通って永代橋を渡った。深川佐賀町を大川沿いに川下の方へむかっていく。

通りに人影はなかった。月光が降るようにそそいでいる。

「孫八、やつの前にまわれるか」

平兵衛は、仕掛けるならこの辺りだと思った。

「へい」

孫八は、すぐに右手の路地へ駆け込んだ。孫八は深川で生まれ育った男である。狭い路地も知り抜いていた。

7

平兵衛はすこし足を速めた。梅次との距離がしだいにせばまっていく。

梅次の前方に、孫八らしい人影が見えたとき、平兵衛は小走りに梅次との間をつめた。

前を行く梅次が振り返った。平兵衛の足音に気付いたらしい。

平兵衛は走った。

梅次も走り出したが、すぐにその足がとまった。前から来る孫八に気付いたようだ。梅次は逃げ場を探すように左右に目をやったが、逃げ込む場所はなかった。右手は大川、左手には表戸をしめた町家がつづいている。

梅次の手元が皓《しろ》くひかった。匕首を抜いたらしい。

平兵衛は抜刀して疾走した。梅次との間は十間（約十八メートル）ほど。一気に迫る。

「て、てめえら、彦三の用心棒か！」

梅次がひき攣《つ》った声で叫び、身構えた。匕首でむかってくるつもりのようだ。

平兵衛は走りながら峰を返し、八相《はっそう》に構えた。

「やろう！」

叫びざま、梅次が平兵衛に匕首を突き出した。

平兵衛は体《たい》をかわし、八相から刀身を振り下ろした。一瞬の体捌《さば》きである。

ギャッ、という叫び声と同時に、梅次の匕首が夜陰に飛んだ。平兵衛の一撃が匕首を握った梅次の右手をとらえたのだ。

平兵衛の動きはそれでとまらなかった。素早く梅次に身を寄せ、切っ先を梅次の首筋につけたのである。

梅次はその場につっ立った。恐怖に目を剝き、激しく身を顫《ふる》わせている。右腕がだらりと垂れていた。骨が折れたらしい。

そこへ、孫八が駆け付けてきた。

「梅次、こっちへ来い」

孫八は梅次の角帯をつかみ、葦の群生した川岸へ連れていった。通りに人影はなかったが、いつ通るか分からなかったので、路傍で訊問するわけにはいかなかったのだ。

「梅次、室田屋彦三を襲ったのはおまえたちだな」

平兵衛が低い声で訊いた。

「し、知るけえ」

梅次は顫えながらも、吐き捨てるように言った。

「おまえが、室田屋を見張っていたのは分かっているのだ」

「………」

「もう一度訊く、室田屋彦三を狙ったな」

「何のことか、さっぱり分からねえ」

梅次は、平兵衛を睨むように見上げた。

「そうか、ならば分かるようにしてやろう。孫八、こいつの口をとじてくれ」

平兵衛がそう言うと、孫八は素早く手ぬぐいを出して梅次に猿轡《さるぐつわ》をかませた。

「しゃべりたくなったら、うなずけ。わしは、地獄の鬼でな。しゃべるまでは、どんなむごいこともやる」

好々爺《こうこうや》のような平兵衛の顔が豹変していた。顔が赭黒《あかぐろ》く染まり、双眸《そうぼう》が底びかりしている。

平兵衛は刀身を梅次の左耳にあてると、スッと引いた。耳がぶら下がり、血が噴き、見る間に半顔が赤い布を貼ったように真《ま》っ赤《か》に染まった。

梅次は恐怖に目を剝き、激しく身をよじった。

「まだ、しゃべる気にはならぬか。ならば、次は右だ。……その次は鼻、その次は目をくりぬく。わしらは、仲間を殺されてるんでな。その恨みも晴らさねばならぬ」

平兵衛は低い声でつぶやきながら、切っ先を右耳に当てた。月光のなかに浮かび上がった平兵衛の顔には、刹鬼《せっき》のような凄みがあった。

梅次の顔が土気色になり、額《ひたい》に脂汗《あぶらあせ》が浮いた。

「どうだな」

そう言って、平兵衛が刀身を引こうとしたとき、梅次が首をちぢめるようにして、二、三度うなずいた。

「やっと、しゃべる気になったか。孫八、解いてやれ」

平兵衛がそう言うと、孫八がすぐに猿轡を解いた。

「彦三を狙ってたな」

平兵衛があらためて訊いた。

「お、おれは、頼まれて見張ってただけだ」

梅次は声を震わせて言った。

「だれに頼まれた」

「兵吉の兄いだ」

梅次は、賭場で兵吉と知り合い、金をもらって彦三の見張りを頼まれただけだと話した。

「では、彦三を襲い、わしらの仲間を斬ったのは、だれだ」

「兵吉の兄いと、殺し人がふたりだと聞いてる」

ふたりの武士といっしょにいた町人体の男は兵吉のようだ。

「その殺し人は」

「腕の立つ侍というだけで、名は知らねえ」

「名ぐらい聞いてるだろう」

平兵衛は、切っ先をもう一度右耳に当てた。

「し、知らねえんだ。嘘じゃァねえ。おれたちは、見張りだけで、何も聞いちゃァいねえんだ」

梅次は必死の形相《ぎょうそう》で言った。嘘をついているようにも見えなかった。

「会ったことはないのか」

「ねえ。会うのは、兵吉の兄いだけだ」

「そうか。……兵吉は、なにゆえ彦三たちの命を狙ってるのだ」

商売上の諍いではないようだし、金のためでもないようだった。

「くわしいことは知らねえが、兄いは、あいつらはどうしても生かしておけねえやつらだと言ってやした」

「うむ……」

恨みかもしれぬ、と平兵衛は思った。

「兵吉の塒《ねぐら》は」

「行ったことはねえが、伊勢《いせ》町の借家だと言ってやした」

日本橋伊勢町は、行徳河岸から近かった。その借家から、情婦にやらせている八津屋に通っているのだろう。

「八津屋に顔を出すのは、おめえたちの仲間だろう」

脇から、孫八が訊いた。

「おれと同じで、兵吉の兄いに見張りを頼まれているだけだ」

梅次によると、助五郎《すけごろう》と条吉《くめきち》というふたりが、兵吉に頼まれて美田屋と室田屋を見張っていたという。ふたりとも、賭場で知り合ったそうである。

それから、平兵衛は、兵吉の生業《なりわい》やふたりの殺し人の住居のことなどを訊いたが、梅次は知らないようだった。

平兵衛と孫八の口がとじたのを見て、梅吉が、

「おれの知ってることは話した。これで、帰《けえ》らせてもらうぜ」

そう言って、ふところから手ぬぐいを取り出し、左耳にあてて立ち上がった。

「そうはいかぬ」

言いざま、平兵衛が梅次の後ろから背に刀身を突き刺した。

鋭い刺撃である。切っ先が、五寸ほども梅次の胸から突き出た。梅次は身を反らせ、低い呻き声を洩らしてその場につっ立った。

平兵衛が刀身を引き抜くと、梅次の胸から赤い帯のように一条の血が噴出した。心ノ臓を突き刺したらしい。

梅次は血を撒きながら数歩前に泳ぐように歩いたが、岸辺の雑草に足をとられて転倒し

た。

「かわいそうだが、生かしておくわけにはいかぬのでな」

平兵衛はつぶやきながら、血刀を梅次の着物の裾でぬぐって納刀した。

梅次を生かしておけば、兵吉や敵の殺し人に平兵衛たちのことを話すはずだ。それに、梅次自身も左耳を削《そ》がれた仕返しをしようとするだろう。

殺しは過酷で非情な仕事だった。人情も憐憫《れんびん》もない。食うか食われるかの修羅の道である。わずかな油断や隙が命取りになる。そのことを知っている平兵衛は、梅次を始末するのに躊躇《ちゆうちょ》しなかったのだ。

「こいつは、大川に流しやしょう」

孫八がそう言って、梅次の死体を大川に突き落とした。

第三章　待ち伏せ

1

「あれ、もうお帰りですか」

お静《しず》が、立ち上がった義六に声をかけた。

義六は、浅草駒形《こまがた》町の小料理屋、川吉《かわよし》にいた。お静はそこの女将《おかみ》である。三年ほど前、深川土橋《どばし》の女郎屋にいたお静を気に入って身請けしてやり、ここに店を持たせてやったのだ。義六にとって、川吉は妾宅《しょうたく》だった。

義六は女好きである。美田屋の女将、お房も柳橋の料理屋の座敷女中だった女で、金で口説いて、自分のものにしたのである。もっとも、それぞれの店の女将にしてやったのだから、女にしてみれば義六はいい金蔓《かねづる》だったのかもしれない。

「ちかごろは物騒だからね。明るいうちに帰りますよ」

そう言うと、義六はそそくさと帰り支度を始めた。

義六は自分の命が狙われていることを知っていた。それで、川吉に来ても陽の出ているうちに帰ることにしていたのだ。しかも、遠回りになっても、人通りの多い千住《せんじゅ》街道を通って帰る。

「お静、また来るからね」

義六は鼻の脇の疣《いぼ》を撫《な》でながら言った。

「待ってますよ」

お静は義六の耳元で甘えた声で言って、送り出した。

店の外は明るかった。

——これなら、殺し人に襲われることもないだろう。

義六は上空を見上げてつぶやいた。

陽は西にかたむいていたが、まだ陽射しは強かった。七ツ（午後四時）前である。陽の出ているうちに、美田屋にもどれそうである。

義六は川吉を出ると、すぐに千住街道に道をとった。義六が街道を半町ほど歩いたとき、路地の角から三十がらみの剽悍そうな男が街道へ出てきた。

兵吉である。兵吉は義六の跡を尾け始めた。

千住街道は賑《にぎ》わっていた。浅草寺《せんそうじ》への参詣客、旅人、大八車を引く人足、ぼてふり、町娘、僧侶……。さまざまな身装《みなり》の老若男女が行き交っている。

義六は蔵前通りへ出た。左手には浅草御蔵がつづき、通りは米俵を積んだ大八車、船頭、札差らしい店者、供連れの武士などでごった返していた。

義六は人波を分けるようにして歩いた。そのすぐ後ろに、跡を尾けてきた兵吉がいたが、義六はまったく気付かなかった。

茅《かや》町一丁目まで来て、義六は右手の路地へ入った。急に寂しい裏通りになった。この道を通ると、柳橋の美田屋までわずか二町（約二百十八メートル）ほどである。通りは明るかったし、ぽつぽつと人影もあった。

それでも、義六は足早に歩いた。できるだけ寂しい通りにいたくなかったのである。

路地に入って半町ほど歩いたとき、ふいに義六の足がとまった。前方の路地から深編笠で顔を隠した牢人体の武士が姿をあらわし、こっちにむかって歩いてくるのだ。がっちりした体軀の偉丈夫だった。

——殺し人では！

義六は背後を振り返った。咄嗟《とっさ》に、千住街道へもどろうとしたのである。

だが、後ろにもいた。兵吉である。兵吉は、ふところに手をつっ込んで身構えていた。目が血走っている。ふところに匕首を呑《の》んでいるにちがいない。

――挟み撃ちだ！

牢人体の男が、右手を刀の柄に添えて駆け寄ってくる。

義六の顔が恐怖でひき攣《つ》った。それでも、素早く羽織を脱ぎ、右手でつかんで兵吉の方へ駆け出した。兵吉の匕首の攻撃を羽織でふせぎ、人通りの多い千住街道へ逃げようとしたのだ。

「兵吉！　そこをどけ」

義六が声を上げた。どうやら、義六は兵吉のことを知っているようである。

「権助《ごんすけ》、逃がさねえぜ」

兵吉が義六を権助と呼んだ。義六には権助という名もあるらしい。

兵吉は義六の前にたちふさがった。牢人体の男は抜刀し、義六のすぐ後ろに迫っている。前に行くしか逃げる手はなかった。

そのとき、ふいに兵吉がふところから右手を抜き、前につっ込んできた。素手だった。

義六は咄嗟に手にした羽織を兵吉に放りつけ、脇をすり抜けようとした。

「逃がすか！」

兵吉が義六の胸を両手で突き飛ばした。

義六が体勢をくずして、後ろへよろめく。

そこへ、牢人体の男が駆け寄り、義六の脇をすり抜けながら刀身を薙《な》いだ。

ドスッ、というにぶい音がし、義六の上体が前にかしいだ。牢人体の男がふるった斬撃が義六の腹をえぐったのだ。

義六は、ヒイッ、という喉《のど》の裂けるような悲鳴を上げ、腹を押さえて両膝を折った。着物が横に裂け、手の間から臓腑があふれている。

義六は左手で腹を押さえ悲鳴を上げながら、道沿いの板塀の方へ這って逃れようとした。

牢人体の男が追いすがり、義六の首筋へたたきつけるような斬撃をあびせた。にぶい骨音がして、義六の首が前に落ちた。

そのまま前につっ伏した義六の首根から激しい勢いで血飛沫が飛び散り、地べたを血で染めた。

「旦那、ふところの金は」

兵吉が訊いた。

「長居は無用」

牢人体の男は、そのまま納刀して駆け出した。義六のふところから財布を取り出さずに、逃げるらしい。兵吉も後につづいて走り出した。

そのとき、半町ほど離れた場所でこの惨劇を見ていた近所に住む女房が、

「人殺しィ！」

と、喉の裂けるような悲鳴を上げた。

2

――義六が殺られたらしい。

と、孫八が感じたのは、ちょうど美田屋の前を通りかかったときだった。

その日、孫八は兵吉の仲間が美田屋を見張っているのではないかと思い、様子を見に来たのである。

ふいに、店の戸口の格子戸があいて、女将らしい年増と奉公人らしい男がふたり、ひどく慌てた様子で、飛び出してきた。

孫八が足をとめ道端に避けていると、女将らしい女が孫八の前を通りながら、

「ほんとに、旦那なのかい」

と、蒼ざめた顔でそばにいた若い男に訊いた。

「へい、旦那にまちげえねえと言ってやした」

「き、斬られたのかい」

「ひでえ有様だと……」

もうひとり、年配の男が声をつまらせて言った。

三人は慌てた様子で、千住街道の方へ走っていく。三人がすこし離れてから、孫八も駆け出した。現場を自分の目で見てみようと思ったのである。

路地に人垣ができていた。八丁堀同心と岡っ引きらしい男が数人かたまり、すこし間を置いて近所の野次馬らしい連中が路地を埋めていた。

野次馬のなかから、美田屋の女将さんだ、お房さんが来たよ、などという声が起こり、人垣が左右に分かれて道をあけた。そのなかをお房が転げるように駆け、ふたりの奉公人らしい男がついていく。

孫八は野次馬のなかにまぎれ込み、できるだけ町方のいる方に近付いた。見覚えのある顔がいた。定廻り同心の佐倉惣八郎、それに岡っ引きの駒造である。

ふたりの足元に、つっ伏した顔のない死体が横たわっていた。首は板塀の方へ転がっていた。地面はどす黒い血に染まっている。

孫八の立っている場所からでは、死体が義六かどうか分からなかった。

「お房、義六だな」

駒造がお房に声をかけた。

ヒイィッ、お房が奇妙な声を出し、横たわっている死体のそばにがっくりと両膝を折った。そして、目をつり上げて死体を見たが、すぐに両手で顔をおおって声を上げて泣きだした。まちがいなく義六のようである。

その甲高《かんだか》い泣き声が神経にさわったのか、佐倉と駒造が死体から離れ、孫八の近くに来た。

「殺ったのは、牢人体の男と町人だそうだな」

佐倉が小声で訊いた。

「へい、通りかかった長屋の女房が見てやして」

「辻斬りにしては、妙だな」

佐倉は、牢人と町人のふたり組というのが腑に落ちぬ、と言い添えた。

「旦那、辻斬りじゃァありませんぜ。ふところに財布がありやした」

駒造が声をひそめて言った。

「うむ……」

「あっしは、義六の鼻の脇の疣が気になって洗ってたんでさァ。その矢先に、これで」

「疣か。となると、仲間内の口封じか」

「まちげえねえ。……六年前の件とかかわっていますぜ」

「義六がなァ」

「ただの鼠じゃァねえと睨んでたんでさァ。旦那、金がありすぎやすぜ。義六は美田屋を買っただけじゃァねえんで。駒形町にも情婦《いろ》がいて、川吉てえ小料理屋をやらせてるんですぜ」

「義六が六年前の一味だとすると、室田屋の文治と岡島屋の徳兵衛も同じ穴の貉《むじな》かな」

「そこまでは、まだ……。そっちはふところの金をとられてるし、辻斬りかもしれやせん」

駒造は、首をひねった。

そこまで話したところで、別の岡っ引きがそばに来て、佐倉に指示をあおいだ。

佐倉は岡っ引きたちをそばに呼び、付近の聞き込みと義六の身辺を洗うよう指示した。

すぐに、岡っ引きたちが佐倉のそばを離れた。

孫八もその場を去った。この事態をすぐに平兵衛と島蔵に話す必要があると思った。それに、佐倉と駒造が話していたことも気になった。

――六年前に何があったのか。

孫八は、それをはっきりさせれば、兵吉たちが義六を狙ったわけも分かるような気がしたのだ。

その足で、孫八は庄助長屋に行ってみた。平兵衛はいたが、流し場にはまゆみの姿もあった。孫八は咄嗟に、

「旦那、短刀も研いでいただけるんで」

と言って、研ぎを頼みにきたような振りをした。

「包丁までは研がぬが、脇差でも短刀でも研ぐぞ」

平兵衛は、もっともらしい顔をして答えた。

「それじゃァ、頼みましょうかね」

そう言って、ふところから短刀を取り出すふりをして、平兵衛に目配せした。

すると、平兵衛が近付いてきて、

「外の明るいところで、見せてもらおう」

と言って、土間の下駄をつっかけた。まゆみは、流し場で洗い物をつづける。

外に出たところで、孫八が、旦那、極楽屋に来てくだせえ、と耳打ちした。

平兵衛は黙ってうなずいてから、

「これは、どうにもならぬ。研いでも斬れるようにならぬから、持って帰れ」

と、まゆみに聞こえるように声を大きくして言った。

「それじゃァ、旦那、待ってますぜ」

小声でそう言い残し、孫八は小走りに長屋から出ていった。

孫八と島蔵が極楽屋の奥の座敷で、小半刻（三十分）ほど待つと、平兵衛が顔を出した。よほど急いで来たらしく荒い息を吐き、額に汗を浮かべている。

「み、水を一杯くれ。は、走ると、息が切れてな」

平兵衛は、額の汗を手ぬぐいでぬぐいながら言った。

すぐに、島蔵が板場へ行って水の入った湯飲みを手にしてもどってきた。

平兵衛は水を飲み干し、一息ついてから飯台に腰を下ろし、

「何があったのだ」

と、訊いた。

「美田屋の義六が殺られやした」

孫八が言った。

「なに、義六が」

平兵衛が驚いたような顔をした。

「へい、店の近くで、バッサリと」

孫八は転がっていた死体の様子を話し、下手人は牢人体の男と町人の二人組らしいことを言い足した。

「兵吉と殺し人だな」

「そうかもしれやせん。……それに気になることがありやしてね」

孫八が思案するような顔付きで言った。

「気になるとは」

「岡っ引きの駒造が、六年前の事件とかかわって義六を洗っていたらしいんで。同心の佐倉さまが、口封じじゃァねえかと言ってやしたぜ」

孫八が、駒造と佐倉のやり取りをかいつまんで話した。

「六年前の事件とは」

平兵衛が島蔵の方に目をむけて訊いた。島蔵なら、町方がかかわるような事件にも明るいのだ。

「それが、分からねえんで」

島蔵は首をひねった。

「分かると、兵吉や殺し人の正体もはっきりするかもしれんな」

「……」

島蔵はうつむいて何か考え込んでいたが、入船町《いりふね》のとっつァんなら知ってるかもしれねえ、と言って顔を上げた。

3

平兵衛たち三人は極楽屋を出て、入船町へむかった。掘割や貯木場などのつづく通りを行くと、入船町はすぐである。

風のなかに木と潮の香りがした。この辺りは木場《きば》と呼ばれ、貯木場や木挽《こびき》場などが多い。それに、洲崎《すさき》海岸が近いので潮風が吹いてくるのだ。

三人は心地好い潮風のなかを歩いた。

入船町へ行く道すがら島蔵が、とっつァんと口にした男のことを話した。

名は仙治《せんじ》。長く岡っ引きをしていた男で、老齢を理由に三年ほど前に引退したという。仙治は老妻といっしょに、入船町で草履《ぞうり》屋をやっていた。屋号は福屋《ふくや》、老夫婦だけの小体な店だそうである。

通常草履屋は麻裏草履や雪駄などを製造販売しているが、福屋は製造している草履屋から卸してもらい、小売りだけをやっていた。

「元締め、仙治という男は、わしらの商売を知っているのか」

歩きながら、平兵衛が訊いた。

「何も言わねえが、知ってると思いやすよ。ただ、とっつァんがおれたちのことを町方に話す心配はねえでしょう。……岡っ引きだったころ、とっつァんは金ずくで動いてやしてね。同業とは言わねえが、おれたちと似たようなものなんで」

島蔵によると、仙治は袖の下次第で事件を揉み消したり探索に手心を加えたり、ときには下手人を見逃すこともあったという。ただ、罪のない町人を脅《おど》したり騙《だま》したりして金を巻き上げるようなことはしなかったので、縄張内の住人に嫌われるようなことはなかったそうだ。だからこそ、引退した後も縄張内に住むことができるのだという。

「あの店で」

島蔵が指差した。

床店《とこみせ》のようなちいさな店だった。店先に麻裏草履が並んでいる。あまり売れないと見え、埃《ほこり》をかぶっている物もあった。

「ごめんよ」

島蔵が声をかけると、狭い座敷につくねんと座っていた老爺が腰を上げた。

皺《しわ》だらけの浅黒い顔をした男である。鼻や口はちんまりしていたが、目だけが妙に大きい。仙治らしい。

仙治は上がり框《かまち》のそばへ来て、

「客じゃァねえようだな」

と言って、大きな目で平兵衛たちの心底を探るように見つめた。

「極楽屋から来た福の神だよ」

そう言うと、島蔵はかたわらに並べてある草履を手にし、

「せっかくだから、一足もらおう」

と言って、袂《たもと》からおひねりを取り出して仙治に手渡した。大きさから見て、小判が一、二枚つつんでありそうだった。島蔵が用意した袖《そで》の下である。

「ヘッヘヘ……。すまねえなァ」

仙治は急に目を細めた。皺だらけの顔に赤みが差し、猿のような顔になった。岡っ引きをやめた仙治にとって、思わぬ実入りだったのであろう。

「ちょいと、やっかいな揉め事に巻き込まれてな。とっつァんの手を借りてえ」

そう言って、島蔵は上がり框に腰を下ろした。その脇に、平兵衛も腰掛けたが、孫八だけは立っていた。もっとも、上がり框が狭く、三人で腰掛けるには窮屈だったのだ。

「あっしは、見たとおりの老いぼれだ。手を貸すなんて、とても、とても……」

仙治は皺だらけの手を顔の前でひらひらさせた。

「なに、むかしのことを思い出してもらえばそれでいいんだ」

「むかしのこととは」

仙治が愛想笑いを消して訊いた。

「六年前のことだ。……何かでけえ事件《やま》がなかったか」

「さァ」

仙治は首を捻った。

「義六という名を聞いたことはねえか。……蛤《はまぐり》町の駒造親分が、ずっと追ってたらしんだがな」

島蔵がそう言うと、仙治は大きな目を瞠《みひら》いて虚空を見つめていたが、

「義六という名は知らねえが、駒造が追ってたとなると、むささび一味のことかもしれねえ」

と、低い声で言った。その目に、するどいひかりが宿っていた。岡っ引きだったころを思い出したのかもしれない。

「むささび一味とは」

「押し込みで」

仙治によると、十年ほど前から夜盗が江戸の大店《おおだな》だけに侵入して大金を奪うという事件が頻発《ひんぱつ》したという。一味が押し入った夜、厠《かわや》に起きた呉服問屋の手代が板塀を越える黒装束の賊を偶然目にし、その姿がむささびのようだったと口にしたことから、むささび一味と呼ばれるようになったという。

「それが、六年ほど前、黒田屋《くろだや》という日本橋の薬種問屋に入ったのを最後に、ぷっつりと姿を消しちまいやしてね。当時、あっしら町方は、むささびを捕らえようと躍起になって追いやしたが、ひとりもお縄にはできなかったわけなんで」

仙治がくやしそうに顔をしかめた。引退したいまも、無念の思いがあるらしい。

「むささび一味が、何人か分かるのか」

島蔵が訊いた。

「千両箱を担いで逃げる一味を目にした者の話では、七人だとか」

「七人か」

そのとき、仙治と島蔵のやり取りを黙って聞いていた孫八が、

「一味のなかに、鼻の脇に疣のあるやつがいたはずだが」

と、訊いた。駒造が口にしていたのを思い出したのである。義六のことだとは、口にしなかった。偽名だと思ったからだ。

「よく知ってるじゃァねえか。……一味のなかに、鼻の脇に疣のあるやつがいたよ」

仙治によると、黒田屋に押し入ったとき、やはり逃げる姿を丁稚《でっち》が目撃していて、鼻の脇に疣のある男がいたと話したのだという。

「そういうことか」

孫八がうなずいた。駒造は、義六の鼻の脇に疣があったことや金まわりがいいことに目をつけ、むささび一味のひとりではないかとみて、身辺を洗っていたのであろう。

平兵衛と島蔵も同じように思ったらしく、納得したような顔をしていた。

「義六が、むささび一味だったことがはっきりすれば、今度の事件の筋が見えてくるんだがな」

島蔵が言った。

義六がむささび一味であり、それを知っている者が義六の口封じのために命を奪ったとすれば、室田屋の文治と彦三、それに岡島屋の徳兵衛もむささび一味ということになり、義六と同じ理由で命が狙われているとみてよさそうである。

ただ、だれが義六たちの命を狙っているかは、はっきりしない。残りの賊のなかにいる可能性は大きいが、断定はできないだろう。

いっとき、平兵衛たち三人は押し黙っていた。それぞれの頭のなかで、事件の筋を考えているようである。

「ところで、一味に武士はいたか」

平兵衛が、思いついたように訊いた。

「いや、そんな話はなかったな」

「やはり、そうか」

平兵衛は、ふたりの武士は盗賊一味ではなく、殺し人のようだ、とあらためて思った。

「とっつァん、助かったぜ」

島蔵がそう言って腰を上げた。それ以上、仙治から訊くこともなかったのである。

「地獄の閻魔に睨まれちゃァ、むささびも終わりかもしれねえな」

そう言って、仙治が薄笑いを浮かべた。

福屋の外に出ると、陽は南天をまわっていた。八ツ(午後二時)ごろであろうか。平兵衛は空腹を感じた。

「どうです、めしでも」

島蔵が平兵衛と孫八に目をむけて言った。島蔵も腹がへっているようである。

「馳走《ちそう》になろうか」

酒はともかく、何か腹に入れられる物が欲しかった。

極楽屋で、菜めしと味噌汁で腹を満たし、おくらの淹《い》れてくれた茶をすすって一息ついたとき、

「それで、これからどうします」

島蔵が、平兵衛と孫八に訊いた。

義六が死んだので、依頼人は彦三ひとりということになり、これ以上の殺し料はもらえないというのだ。

「わしは、手を引くつもりはない。半金はもらっているし、安次郎が殺されているからな」

平兵衛は、島蔵から義六が置いていった金のうち、百両を殺し料として手にしていた。島蔵が義六からいくらもらったかは知らないが、百両は悪くない殺し料である。それに、仲間の安次郎を殺されていた。同じ地獄屋の殺し人として、敵《かたき》を討ってやりたいという気持ちもあったのだ。

「あっしも、やりやすぜ」

孫八もうなずいた。

「それを聞いて安心した。このままじゃァ、おれも引っ込みがつかねえからな」

島蔵は板場の方に顔をむけ、おくら、ふたりに酒の用意をしろ、と大声で言った。

4

「父上、また、お出かけですか」

まゆみが、心配そうな顔をした。

このところ、平兵衛は宗順のところへ行くとか、依頼された刀が研ぎ終わったから届けてくるとか言って、家をあけることが多かった。

「なに、息抜きにな、片桐と刀の話でもしようかと思って」

平兵衛は苦しい言い訳をした。

「刀の話ならもっと早くに行けばいいのに、もう暗くなりますよ」

まゆみは、腰高障子の方に目をやって眉宇《びう》を寄せた。

暮れ六ツ（午後六時）前である。これから神田岩本町《かんだいわもと》まで行って帰ったら夜中になる。まゆみの言うとおり、特に用がないなら日中のうちに帰れるように行けばいいのだ。

「片桐さんが、一杯やりながら話したいというのだ。明るいうちから飲んでるわけにはいかんだろう」

「そうだけど……」

まゆみは、まだ不服そうだった。

「ともかく、行くと約束したのでな。夕餉はすませてくるから、まゆみは先に寝ていろ」

そう言って、平兵衛が国光を腰に帯びて障子をあけようとすると、

「父上、無理して飲まないでくださいね。もう、年寄りなんだから」

まゆみが、たしなめるように言った。

「まゆみこそ、用心しろよ。心張り棒を忘れるな」

平兵衛は、そう言い置いて外へ出た。

――いつの間にか、親に意見をするようになったな。

平兵衛は苦笑いを浮かべた。ただ、悪い気はしなかった。

女房のおよしが死んでから、まゆみが炊事や洗濯などの家事をいっさい引き受けていた。初めは頼りなかったが、いまはまゆみに安心して任せておける。平兵衛は、まゆみに娘らしさを失って欲しくなかったが、女として一家を切り盛りしていけるだけに成長したことは嬉しかったのだ。

――早く、いい相手を探してやりたいが。

そう思ったとき、平兵衛の脳裏に右京のことが浮かんだ。

まゆみは右京のことを好いているらしいが、右京は心を寄せた許嫁《いいなずけ》に死なれたこともあ

って、女に対しては心をとざしていた。

それに、殺し人であるいまの右京といっしょにさせるわけにはいかない。その前に、右京に足を洗ってもらうよりほかないが、右京にその気はないようだ。

これぱっかりは、口で言ってもどうにもならない。平兵衛は、まゆみと右京がいっしょになってくれればいいとは思ったが、成り行きにまかせるよりほかないようだ。

そんなことを思いながら歩いていると、永代橋のたもとまで来ていた。行き交う人々の間を縫うようにして、孫八が近寄ってきた。

「旦那、行きやすか」

孫八が平兵衛に身を寄せて言った。

「まいろう」

平兵衛は孫八とふたりで行徳河岸の八津屋を見張り、兵吉を捕らえるつもりだったのだ。

――兵吉に口を割らせれば、すべてが分かる。

と、踏んだのである。

平兵衛と孫八は、以前身を隠した日本橋川の土手の雑草のなかに屈み、八津屋の店先に目をやった。店先の掛行灯に灯が入り、格子戸をぼんやりと浮かび上がらせている。八津屋は店をひらいているようである。

日本橋川沿いの通りには、ちらほら人影があった。米河岸と魚河岸がちかいせいか河岸で働く男や船頭などが目についた。一日の仕事を終えて、一杯やりにきた者が多いようだ。

辺りは濃い暮色につつまれていた。ふたりは、丈の高い雑草のなかで兵吉が姿をあらわすのを待っていた。

その平兵衛と孫八に、目をやっている男がいた。

兵吉に手なずけられた助五郎である。助五郎は、八津屋の隣の表戸をしめた小間物屋の陰にいた。そこから平兵衛と孫八の様子をうかがっていたが、いっときすると、その場を離れ、小間物屋の脇を通って八津屋の裏口からなかに消えた。

助五郎が八津屋のなかに入ってしばらくしたとき、表の格子戸があいて、遊び人ふうの男が姿をあらわした。兵吉である。

孫八が、その姿を見て、

「旦那、兵吉が出て来やしたぜ」

と、声を殺して言った。

「ひとりのようだな」

兵吉は、ぶらぶらと日本橋の方へ歩いていく。

「尾けやすか」

「そうしよう」

以前、梅次を捕らえたときより、川沿いの道には人通りがあった。この通りで、兵吉を捕らえることはできなかった。

平兵衛と孫八は、兵吉をやり過ごし、半町ほど離れてから通りへ出た。

兵吉はぶらぶらと川沿いの道を歩いていく。道筋は夜陰につつまれていたが、月明かりがあり兵吉を見失うようなことはなかった。そこは小網《こあみ》町で、前方に江戸橋が淡い月光に浮かび上がったように見えている。

平兵衛と孫八が兵吉を尾けて一町ほど歩いたとき、八津屋の格子戸があいて、さらに三人の男が通りへ出てきた。

助五郎と牢人体の男がふたり。三人は、町家の軒下に身を隠しながら平兵衛たちの跡を尾けていく。

前を行く兵吉は小網町に入ると、右手にまがり、掘割沿いの道を六間堀《ろっけんぼり》町の方へむかった。

兵吉は掘割にかかる親父橋《おやじばし》とよばれる橋のたもとを右手にまがり、路地を通って富沢《とみさわ》町へぬけた。しだいに寂しい裏通りになり、町家はすくなくなり畑や藪《やぶ》などが目立つようになった。人通りはまったくない。

「そろそろやるか」

平兵衛はこの辺りなら襲っても目撃される恐れはないと思い、孫八に声をかけた。

そのときだった。ふいに、兵吉が足をとめてふりかえった。

さらに、背後から走り寄る足音が聞こえた。助五郎とふたりの牢人である。

「旦那！　後ろから」

孫八が声を上げた。

「おびき出されたのは、こっちのようだな」

平兵衛は、すぐに状況を察知した。

左手は大根畑、右手は藪だった。平兵衛たちと兵吉たちの他に人影はない。

平兵衛の手が震えだした。敵を前にし、斬り合わねばならぬような場に遭遇すると、気の昂《たか》ぶりと恐れとで体が顫《ふる》えだすのである。

「やるしかないようだな」

平兵衛は抜刀した。

「孫八、町人ふたりを相手にしてくれ。武士ふたりは、わしがやる」

「へ、へい」

孫八も、顔をこわばらせてふところの匕首を抜いた。

5

男たちが、前後からばらばらと走り寄ってきた。

平兵衛は藪を背にして立った。背後からの攻撃を避けるためである。前は大根畑だった。やわらかい土に足を取られ、敏捷な動きができないはずである。

ふたりの牢人は、大柄な男と痩身の男だった。ふたりとも三十半ば、月代《さかやき》と無精髭が伸び、よれよれの袴《はかま》を穿《は》いていた。一見して無頼牢人と分かる風体である。

──殺し人ではない！

と、平兵衛は察知した。

殺伐とした雰囲気をただよわせていたが、殺し人らしい鋭い殺気がなかった。それに、遣い手らしい威圧と覇気もなかった。

ふたりの牢人は野犬のように目をひからせて間合を寄せてくる。大柄な牢人が右手に立ち、痩身の牢人が大根畑をまわって左手にまわり込んできた。

兵吉と助五郎は、間合を取って立った孫八の左右に近寄っていく。

平兵衛と孫八が助五郎を見るのは、初めてだった。二十代半ば、小太りで丸顔である。

「うぬら、兵吉に買われた犬か」

平兵衛が誰何《すいか》した。

「老いぼれ、てめえの首が十両だそうだよ」

大柄の牢人が、口元に嗤いを浮かべて言った。平兵衛を年寄りと見て侮《あなど》ったようだ。それに、平兵衛の体が顫えているのも見たのかもしれない。

「鬼の首を取ってみるか」

言いざま、平兵衛は逆八相に構えた。

平兵衛が逆八相の構えからくり出す剣は、「虎《とら》の爪《つめ》」と称する必殺技だった。平兵衛は金剛流の達者だったが、虎の爪は金剛流にはない刀法である。虎の爪は、殺し人としての実戦のなかで、平兵衛が独自に会得した技である。

逆八相の構えのまま、敵の正面に鋭く身を寄せる。一気に間合をつめられた敵は、退くか、正面に斬り込んでくるしかない。敵が引けば、さらに踏み込み、正面に斬り込んでくれば、敵の斬撃を撥《は》ね上げ、袈裟《けさ》に斬り下げるのだ。

渾身の袈裟斬りは鎖骨と肋骨を切断し、腋へぬける。大きくひらいた傷口から切断された肋骨が覗き、それが猛獣の爪のように見えることから、虎の爪と呼ばれるようになったのである。

「まいるぞ」

平兵衛は左手に体をむけた。

瘦身の牢人の腰が引け、青眼に構えた切っ先が揺れていた。瘦身の牢人なら一撃で斃《たお》せると踏んだのだ。

イヤアッ!

突如、裂帛《れっぱく》の気合を発し、平兵衛が左手に疾走した。

瘦身の牢人の顔が驚愕と恐怖にゆがんだ。平兵衛の果敢で鋭い攻撃に、われを失っている。牢人は気合とも呻《うめ》きともつかぬ声を発し、平兵衛の正面に斬りつけてきた。だが、腰が引け、斬撃に鋭さがない。

平兵衛が刀身を撥ね上げた。

キーン、という甲高い金属音とともに、牢人の手にした刀が夜陰に飛び、牢人の体勢がくずれた。

タアッ!

すかさず、平兵衛が短い気合とともに袈裟に斬り下ろした。

牢人の着物が裂け、肉がひらいた。凄まじい斬撃である。一瞬、傷口から切断された肋骨が覗き、猛獣の爪のように見えたが、次の瞬間、血がほとばしり出て牢人の胸部を真っ赤に染めた。

牢人は呻き声を上げて身をよじったが、すぐに腰からくだけるように倒れた。牢人は血達磨《だるま》になって四肢を顫《ふる》わせていたが、悲鳴や呻き声は聞こえなかった。かすかに血《ち》の滴《したた》る音が聞こえるだけである。

平兵衛は痩身の牢人を斃すと、すぐに反転した。

大柄な牢人が刀身をふりかざして背後に迫っていた。髭面《ひげづら》がこわばり、目がつり上がっている。大柄な牢人も平兵衛の凄まじい斬撃を目にして、色を失っていた。

だが、踏み込んできた牢人はすでに一足一刀の間境《まざかい》を越えていた。虎の爪をふるう間がない。

イヤアッ！

タアッ！

ふたりは、ほぼ同時に斬り込んだ。

平兵衛は逆袈裟から敵の脇腹を狙って斬り上げ、牢人はふりかぶった刀を平兵衛の鍔元《つばもと》へ斬り下ろした。

平兵衛の袖口と、牢人の脇腹の着物が裂けた。

ふたりは交差し、間を取って反転した。

牢人の脇腹に血の線がはしっている。平兵衛の切っ先が浅くとらえたのだ。一方、平兵衛の右腕は無傷だった。着物を裂かれただけである。牢人の踏み込みが足りなかったのだ。

牢人は逃げ腰になり、剣尖が浮いていた。

「もらった」

声を上げ、平兵衛が踏み込みざま刀身を横に払った。

ドスッ、というにぶい音がし、刀身が牢人の腹をえぐった。牢人の体が前にかしぎ、体勢をくずしてよろめいた。

牢人は大根畑の前で足をとめ、腹を左手で押さえてつっ立った。指の間から臓腑が覗いている。ふいに、牢人が獣の咆哮《ほうこう》のように唸《うな》り声を上げて、畑のなかに踏み込んだ。逃げるつもりらしい。

だが、すぐにやわらかい土に足をとられてつんのめり、畑のなかにつっ伏した。なおも逃げようと、畑のなかでうごめいていたが、立ち上がる気配はなかった。

平兵衛の口から荒い息が洩れた。心ノ臓が早鐘のように鳴っている。急激な動きに、老体が喘《あえ》いでいるのだ。

平兵衛は荒い息を吐きながら、孫八の方に目をむけた。

夜陰のなかに、小径を駆けていく兵吉と助五郎の後ろ姿が見えた。平兵衛がふたりの牢人を斃したのを見て、逃げ出したようだ。

「旦那、怪我《けが》は」

孫八がそばに走り寄ってきた。

「わしは大丈夫だが」

見ると、孫八の体にも血の色はなかった。

「あいつら、あっしらの命を狙って、八津屋から尾けてきたんですぜ」

「そのようだな」

「殺し人ですかね」

「ちがう。やつら、金で買われたただの犬だ」

賭場や飲み屋で拾ってきた無頼牢人であろう。安次郎や義六を斬殺した殺し人とはちがうようだ。

「いずれにしろ、兵吉はあっしらが八津屋を張っていたのを気付いたようで」

「そうなるな」

兵吉は、すぐに八津屋から姿を消すだろう。

「旦那、こいつ、どうしやす」

孫八は倒れている痩身の牢人に目をやって訊いた。

「道端では、人通りの邪魔になろう。藪のなかにでも、引きずり込んでおこう」

「へい」

平兵衛と孫八は、牢人の死体を藪のなかに運び、その上に笹を切ってかけておいた。こうしておけば、しばらくは人目にもつかないだろう。

「深川へもどろう」

平兵衛と孫八は、小径を足早に歩きだした。

そのふたりの後ろ姿を、すこし離れた仕舞屋《しもた》の板塀の陰に身を寄せて見送っている人影があった。老齢の武士である。黒布で頬っかむりして顔を隠している。

——おそろしい剣だが、技が荒い。

武士は、そうつぶやいた。

平兵衛の後ろ姿を見つめた双眸が、刺すようなひかりを宿している。

兵吉たちは、平兵衛たちだけを狙ったのではなかった。右京にも殺し人の手が迫っていた。

6

平兵衛たちが襲われた二日後、右京は八ツ半（午後三時）ごろ、岩本町の長屋を出た。

右京は室田屋の用心棒をしていたが、昼夜にわたり店内にとどまっていたのではない。日中は、自分の長屋にもどって疲れを癒《いや》すこともあったのだ。それというのも、奉公人や客のいる昼間、店のなかに侵入して殺しを仕掛けるとは思えなかったからである。

右京が路地木戸から表通りへ出て半町ほど歩いたとき、天水桶《おけ》の陰から通りへ出て跡を尾ける者がいた。助五郎である。

右京は、助五郎の顔を見たことはなかったし名も知らなかったので、背後を振り返って姿を見ても、尾行には気付かなかったろう。

助五郎は半町ほど間を取って、右京の跡を尾けていく。

右京は柳原《やなぎわら》通りへ出てから賑やかな両国広小路を抜け、両国橋を渡った。

竪川にかかる一ツ目橋を渡り、御舟蔵の裏手に出ると、やっと通行人の姿がまばらになった。御舟蔵は、幕府艦船の保管倉庫で、十四棟の倉庫が大川端に建ち並んでいる。

どこかでいっしょになったらしく、助五郎のそばに兵吉とがっちりした体軀の若侍がいた。若侍は胸が厚く腰がどっしりしていた。武芸で鍛えた体のようだ。

右京が御舟蔵の裏手にさしかかったとき、兵吉たち三人が走り出した。すぐに、右京との間がつまった。走りながら、若侍はふところから黒布を出して頰っかむりした。顔を見せたくないのだろう。

背後からの足音に気付いて、右京が足をとめて振り返った。

――殺し人か！

右京はすぐに察知した。黒布で顔を隠した武士が痺《しび》れるような殺気を放射していたのだ。

武士は偉丈夫だった。顔を隠していたが、若侍であることは見てとれた。

相手は三人、一瞬、右京は逡巡《しゅんじゅん》した。逃げようか戦おうか、迷ったのである。

――だが、剣の遣い手はひとりだ。

と思い、右京は倉庫を背にして刀の鯉口を切った。

「うぬの名は」

右京が若侍に誰何した。

「問答無用」

若侍は右京と対峙すると、抜刀した。すかさず、兵吉と助五郎が右京の左右にまわり込んできた。ふたりとも、匕首を手にしている。

通りかかった風呂敷包みを背負った店者が悲鳴を上げて駆け出し、後ろからきたぼてふりらしい男が、慌てて路地へ逃げ込んだ。

若侍は青眼に構えた。切っ先をぴたりと右京の喉元につけている。腰の据わったどっしりとした構えである。全身に気勢が満ち、剣尖《けんせん》にそのまま喉を突いてくるような威圧があった。右京を見つめた若侍の目が、猛禽《もうきん》を思わせるように鋭い。

——できる！

右京の全身に鳥肌が立ち、体が顫《ふる》えた。だが、恐れや怯《おび》えではない。剣客が強敵と対峙したときの武者震いである。

右京も青眼に構えた。その白皙《はくせき》が朱を掃《は》き、双眸が燃えるようにひかっている。右京の全身に剣気が満ちているのだ。

ふたりは相青眼で、ほぼ二間半の間合をとって対峙した。足裏をするようにして、若侍がジリジリと間合をつめてくる。その動きに合わせるように、兵吉と助五郎が身を寄せてきた。

右京は、兵吉を見るのも初めてだった。兵吉はすこし前屈みで、匕首を前に突き出すように身構えていた。匕首を巧みに遣うようだ。腰が沈み、体ごとつっ込んでくるような気配がある。

一方、助五郎の方は腰が引けていた。匕首の切っ先が笑うように揺れている。恐怖と興奮で体が顫えているのだ。

右京は己の気の昂《たかぶ》りを鎮めた。

若侍の斬撃の起こりをとらえようとしたのである。

若侍は斬撃の間境の手前で寄り身をとめた。右京は巌《いわお》で押してくるような威圧を感じた。全身に気魄《きはく》を込めて、右京の構えをくずそうとしているのである。右京も気魄を込め、剣尖で敵を攻めた。気の攻防といっていい。

ふたりは動きをとめた。痺《しび》れるような剣の磁場がふたりをつつんでいる。時のとまったような静寂が辺りを支配している。

と、左手にいた兵吉が、つ、と右足を踏み込み、つっ込んでくる気配を見せた。

刹那、剣の磁場が裂けた。

ヤアッ！

トオッ！

若侍と右京の気合がほぼ同時に静寂を破り、ふたりの体が躍動した。

若侍の切っ先が右京の面に伸び、体《たい》をひらきざま右京の切っ先が若侍の鍔元を襲った。

右京は敵の出頭の籠手《こて》を狙ったのである。

ふたりは一合した次の瞬間、大きく背後に跳んで間合を取った。

右京の着物の左肩口が裂けていたが、切っ先は肌にまでとどいていなかった。若侍の右手の甲に薄い血の色がある。だが、かすり傷である。

初手は互角だった。

ふたたび、若侍が間合をつめ始めた。

そのとき、左手にいた兵吉が匕首を胸のあたりに構え、体ごとつっ込んできた。

咄嗟《とっさ》に、右京は上体を前に倒すようにして匕首の切っ先をかわした。兵吉は勢いあまって、右京の後ろで泳いだ。

体勢をくずした兵吉に、右京は太刀をふるうことができなかった。

すかさず、若侍が踏み込みざま斬り込んできたのだ。

袈裟だった。鋭い斬撃である。兵吉の刺撃に気を奪われて構えのくずれた右京は、若侍の鋭い一撃をかわしきれなかった。

一瞬、脇へ跳んだが、右京は若侍の切っ先に胸を斜に裂かれた。胸板に血の線がはしり、血が噴いた。

咄嗟に、右京は手にした刀を若侍の顔に投げた。二の太刀はかわしきれない、と感知した捨て身の攻撃だった。

若侍は刀身をはらって右京の刀をはじいたが、体勢が大きくくずれてよろめき、御舟蔵の倉庫ちかくまで泳いだ。

この隙を右京がとらえた。脱兎のごとく、駆け出したのだ。逃げるしか助かる術《すべ》はなかった。右京は懸命に走った。

「待ちゃァがれ!」

兵吉と助五郎が追ってきた。

だが、若侍はすぐに足をとめた。右京との距離があったことと、走っても追いつけないとみたためであろう。

兵吉と助五郎は、一ッ目橋のたもとまで追ってきて足をとめた。間がつまらないので、あきらめたらしい。

——何とか、逃げられたようだ。

右京は己の胸を見た。真っ赤に染まっている。ただ、傷の幅はひろいが、肉を浅く裂かれただけのようだ。

右京は裂けた袷《あわせ》を胸に引き合わせ、両手で傷口を押さえるようにして歩いた。思いのほか、出血が激しい。

一ツ目橋のたもとには、行き来する人の姿があった。髷《まげ》が乱れ、裂けた着物を押さえて歩く右京の姿に異変を感じたのか、通行人が不審そうな目をむけてすれちがう。

――血をとめねば、命を落とすかもしれぬ。

右京は、大量の出血で人が死ぬことを知っていた。

7

――このまま長屋にはもどれぬ。

橋を渡ったところで、右京は思った。長屋を出たときから、尾けられた可能性が高かった。となると、長屋にもどれば、いまの三人に襲われる恐れがある。それに、胸の傷をだれかに手当てしてもらう必要もあった。

右京は、平兵衛の長屋がすぐ近くにあることを思い出した。

――ここは、安田どのに助けてもらうか。

そう思って、右京は竪川沿いの道を相生町にむかった。

右京は庄助長屋にたどりつき、平兵衛の部屋の腰高障子をあけた。土間の流し場にまゆみがいた。

「父上、片桐さまが！」

まゆみが、ひき攣《つ》ったような声を上げた。右京の胸が血に染まっているのを見たのである。

平兵衛は研ぎ場にいたが、まゆみの声を聞きつけて、すぐに出てきた。

「ち、父上、片桐さまが、お怪我を」

まゆみが目を剝いて言った。顔も体も硬直し、手にした包丁がぶるぶると震えている。流し場で夕餉の支度でもしていたらしい。

「片桐、どうしたのだ」

「面目ない。通りで徒者《いたずらもの》にからまれ、よせばいいのに刀を抜いて……」

片桐は苦笑いを浮かべて言った。殺し人に襲われたとは言えなかったので、ごまかしたのである。

「傷を見せてみろ」

平兵衛は右京を上がり框に腰掛けさせ、胸の傷を見た。左肩から胸にかけて斬られていた。傷口からまだ出血している。着物もどっぷりと血を吸って、どす黒く染まっていた。

「ひ、ひどい怪我……」

まゆみが声を震わせて言った。まだ、包丁を持ったままだ。

「まゆみ、うろたえるな。まず、包丁を置け」

叱咤《しった》するように平兵衛が言った。

「は、はい」

まゆみは、すぐに包丁を流しに置いた。

「命にかかわるような傷ではない。まゆみ、長屋をまわってさらしと酒を借りてこい」

平兵衛の声を聞いて、すぐにまゆみが戸口から飛び出していった。

「右京、畳に横になれ」

平兵衛は右京を畳に仰向けに寝かせ、裂けた着物をひらいて傷口をあらわにした。傷は深くはなかったが、幅がひろく、まだ出血していた。

まず、平兵衛は新しい手ぬぐいを水に浸し、傷口周辺の血を拭き取った。そして、傷口をふさぐように手ぬぐいを当てて、押さえた。

そこに、まゆみがさらしと貧乏徳利《どつくり》に入れた酒を持ってきた。平兵衛は酒で傷口を洗い、手ぬぐいを押し当てると、右京を起こし上半身裸にして、左肩から胸にかけてさらしを巻き始めた。

「後は、手当ての心得のある者に頼もう」

そう言うと、平兵衛は立ち上がった。

応急処置である。後の手当ては、島蔵に頼もうと思った。島蔵はへたな町医者より傷の手当てはうまいのだ。

右京をこの長屋に置いておくわけにはいかなかった。右京が殺し人の手にかかったのは、聞かずとも分かっていた。当然、この長屋にも敵の目がおよぶだろう。右京とまゆみの身を守るために、ここには置いておけないのである。それに、まゆみが右京の稼業を知る恐れもあった。

「父上、どこへ」

まゆみがこわばった顔で訊いた。

「片桐さんを、知り合いの町医者に連れていく」

極楽屋の名を出すわけにはいかなかったので、町医者と言ったのである。

「わたしも行って、片桐さまのお世話を……」

まゆみが、思い詰めたような顔で言った。右京の怪我を見て、愛しい男を助けたいとの思いが、胸に込み上げてきたようだ。

「町医者に、まゆみを連れていくわけにはいかぬな。それに、そばについて世話をするほどの傷ではない」

平兵衛がそう言うと、まゆみは戸惑うような顔をして右京を見た。

「この程度の傷で、まゆみどのの手をわずらわせるわけにはいきませんよ」

右京が照れたように笑って言うと、まゆみもほっとしたように表情をやわらげてうなずいた。

平兵衛は右京を長屋から連れ出し、竪川に舫ってあった猪牙舟に乗せた。ちかくの米問屋の持ち舟だが、後で事情を話し、相応の礼をするつもりだった。

平兵衛は竪川を東にむかった。竪川と交差する横川を洲崎方面へ進めば、吉永町の極楽屋へ陸地を通らずに直行することができる。

極楽屋へ右京を運び込むと、島蔵が慣れた手付きで傷の手当てを始めた。

「安田の旦那の手当てがよかったようだ。十日ほど、おとなしくしてれば、傷はふさがりますぜ」

島蔵は傷の手当てがすむと、

「それで、相手は」

と、訊いた。脇に平兵衛も座って、話を聞いていた。まだ、平兵衛も相手のことを聞いていなかったのだ。

「御舟蔵の裏手で、襲われましてね」

右京が、そのときの様子をかいつまんで話した。

「町人のひとりは兵吉だな。……武士は、若かったのか」

平兵衛が念を押すように言った。

「顔が見えなかったので、はっきりしないが、わたしより若い感じがしましたよ」

右京は、体付きや立ち合ったときの剣の構えや太刀筋などを話した。

「やはり、武士がふたりか。いずれも遣い手のようだな」

老齢の武士と若い武士が、敵方の殺し人のようである。

「しばらく、安田の旦那と孫八だけですぜ」

島蔵が平兵衛に大きな目をむけて言った。

「そうなるな」

容易に仕掛けられない、と平兵衛は思った。

右京は、傷が癒《い》えるまでの間、極楽屋に住むことになった。店の裏手は長屋のようになっていて、塒《ねぐら》のない無宿人や入墨者などが何人も宿泊している。

「しばらく、極楽に住むことにしますか」

右京は屈託のない笑顔で言った。

8

行灯の灯が、島蔵の赭黒《あかぐろ》い顔を照らし出していた。ギョロリとした牛のような目に灯が映じて、熾火《おきび》のようにひかっている。

島蔵は対座している彦三を見つめて、

「片桐の旦那が、怪我をしてな」

と、低い声で言った。

「それは、困りました。頼りにしてましたのに」

彦三も、声を殺して言った。小太りの丸顔が熟柿《じゅくし》のように浮かび上がっている。愛想のいい笑みを浮かべていたが、島蔵にそそがれた細い目は笑っていなかった。

島蔵と彦三は、室田屋の奥座敷にいた。右京が襲われた翌日、島蔵が訪ねてきたのである。

「それで、地獄には、ほかにも鬼がいなさるんでしょう」

彦三が言った。ほかの殺し人を、用心棒としてよこして欲しいと言っているのだ。

「おまえさんに張り付いて身を守るより、相手を始末した方が早《はえ》んじゃァねえのか」

島蔵は渋面で言った。実は、彦三に用心棒としてつける適当な男がいなかったのだ。平兵衛が断ることは分かっていたので、後は孫八だが、孫八の腕ではふたりの武士から彦三を守るのは無理なのである。

「早く始末していただければ、それに越したことはありませんよ」

彦三は膝先の湯飲みに手を伸ばした。さきほど、女中が運んできた茶である。

「相手が分かれば、始末も早んだがな」

島蔵は大きな目で睨むように彦三を見た。

「そうでしょうね」

他人事《ひとごと》のような物言いである。

「兵吉という町人のことは分かったが、武士というだけで、ふたりの殺し人のことが分からねえ」

「……………」

「それに、殺し人に金を出しているのはだれなのか、それも分からねえ。兵吉かとも思ったが、そうでもねえようだ」

「兵吉という男は、手先かもしれませんよ」

そう言って、彦三は茶をすすった。

「室田屋さん」

島蔵が殺し人の元締めらしい凄味のある顔で彦三を見つめ、

「おまえさんは、むささびの一味だな」

と声を低くして訊いた。

彦三が命を狙われている理由や相手のことを伏せているのは、むささび一味であることを隠すためだろう、と島蔵は思っていたのだ。

「むささびなど、知りませんね」

彦三の声が、かすかに震えた。動揺しているようである。

「室田屋さん、おれは殺し屋の元締めでね。町方には知られたくねえ商売だ」

「存じてますよ」

「おまえさんが盗人だろうと、人殺しだろうと、おれにはかかわりがねえ。金をもらって、頼まれた相手を始末するだけだ」

「……」

「そのおれが、町方に漏らすと思うか。室田屋さん、命が惜《お》しいなら相手のことを話したらどうです」

島蔵がそう言うと、彦三は口元にうす笑いを浮かべてうなずいた。

「お察しのとおり、てまえはむささびの一味でしてね。名は達吉《たつきち》、彦三は偽名でして」

一味のなかでは、地蔵の達《たつ》と呼ばれていたという。地蔵の名は、その丸顔からきているのだろう。

「文治、義六、徳兵衛の三人も一味だな」

「そのとおりで」

「それで、おまえさんたちの命を狙っている相手は」

むささび一味は七人とのことだった。あるいは、仲間割れで一味のだれかが狙っているのかもしれない。

「むささび一味で」

「やはり、そうか。兵吉もそのひとりだな」

「お察しのとおり兵吉もむささび一味だが、兵吉はただの手先でしてね」

彦三の話によると、むささびの源次《げんじ》と呼ばれていた頭《かしら》の片腕だった黒猿《くろざる》の政《まさ》という男が兵吉を使って、彦三たち四人の命を狙っていたそうだ。名は政造《まさぞう》。顔が浅黒く、動きが敏捷なことから、黒猿の異名があるという。

源次を頭とするむささび一味は七人だった。黒猿の政、兵吉、彦三（達吉）、義六、徳兵衛、文治。義六、徳兵衛、文治の三人は、やはり偽名だそうである。彦三は、すでに死んでいる三人の本名は口にしなかった。

「六年ほど前、急な病で頭が亡くなりやしてね。残った六人で盗んだ金を分け、それぞれ身を隠したんでさァ。てまえは、その金を元手に、室田屋を買い取り、堅気《かたぎ》の商売を始めたんです。……義六と徳兵衛も、てまえと同じように商いを始めたわけでしてね」

文治は行き場がなかったので、彦三が番頭として店に置いたのだという。

「そういうことか」

島蔵は、彦三たちが店を買い取るだけの金を持っていた理由が分かった。むささび一味が盗んだ金は、相当の額だと聞いていた。六人で分けた金も、多額だったのであろう。

「黒猿の政も兵吉も、分け前を手にして身を隠したはずなんですけどね。むかしの悪事が露見するのを恐れ、てまえたちの口を封じようとしたにちげえねえんで」

彦三が憎悪で顔をしかめた。

「うむ……」

島蔵はまだ腑に落ちなかった。偽名を使い、商人になりきっている四人を口封じのためだけで、殺し人まで雇って殺そうとするだろうか。島蔵は、ほかにも理由があって四人の命を狙っているような気がしたが、それ以上は訊かなかった。

「それで、黒猿の政という男は、どこにいる」

島蔵が訊いた。

どうやら、黒猿の政が金を出して殺し人を雇って仕掛けているようである。

「それが、分からねえんで。……下谷《したや》の方で店を出したという噂も耳にしやしたが、はっきりしねえ」

「武家らしいが、ふたりの殺し人は」

「それも、かいもく」

むささび一味に、武士はいなかったので、一味とはかかわりのない者だと彦三は言い添えた。

「ちかごろ、知り合ったのだろうな」

島蔵は、殺しの稼業も最近になって手を染めたのだろうと思っていた。島蔵自身、ふたりの殺し人にまったく覚えがなかったのである。

「ところで、島蔵さん」

彦三が声をあらためて言った。

「もうひとり、始末しちゃァもらえませんかね」

「だれを？」

「黒猿の政でさァ。政を生かしておいたんじゃァ、この先も枕を高くして眠れねえと思いやしてね」

彦三の口元にうす笑いが浮き、島蔵を見つめた目に残忍なひかりが宿っていた。盗人の本性をあらわしたようである。

「やるのは殺しだけだぜ。それに、すぐというわけにはいかねえ」

島蔵は、むささび一味のいがみあいに首をつっ込む気はなかったし、政造の所在が知れないうちは、手の出しようもないのだ。

「時が分かってからでいい。……百両でどうです」

「相場だな」

「手付けとして半金の五十両、残りは政造を始末してからということで」

「いいだろう」

「お待ちを」

彦三は、すぐに腰を上げて座敷から出ていった。

待つまでもなくもどって来ると、島蔵の膝先に切り餅をふたつ置いた。五十両である。

「金があるな」

銅物屋としての儲けもあろうが、それにしても金を持っている。

「こんなこともあろうかと、蓄《たくわ》えていたからね」

彦三は、糸のように目を細めて笑った。

第四章　ふたりの剣客

1

「それで、片桐さまのお怪我は」

平兵衛が戸口から出ようとすると、縫い物をしていたまゆみが顔を上げて訊いた。まゆみの顔に憔悴の色があった。このところ、右京のことが心配で食事もまともに摂れないようである。

「だいぶ、よくなったよ」

右京が襲われてから、五日経っていた。平兵衛は、右京の様子を見てくる、と言って、長屋を出るところだった。

「お屋敷に、もどられたんでしょう」

まゆみは手にした針を針刺しに刺し、膝の上の袷《あわせ》を脇に置いて立ち上がった。平兵衛の着物を繕《つくろ》っていたようである。だが、平兵衛はその縫い物も、ほとんど進んでいないことを知っていた。

「ああ、小川町《おがわ》のな」

右京はまだ極楽屋にいたが、それをまゆみに話すことはできなかった。右京が殺し人であることは伏せておかねばならない。

右京は、御家人で小川町の屋敷に住んでいることになっていた。平兵衛はそのうち、右京の出自《しゅつじ》は御家人だが、いまは長屋住まいであることだけは、話しておこうと思っていた。いつまでも、嘘は通らないし、まゆみにとっては、長屋住まいの方が身近に感じられるはずである。しかし、今度のことがあって、これまでどおり屋敷住まいで、通しておいたほうがいいかもしれないと、考えた。

「歩けるようになったんですか」

「歩けるとも。ちかいうちに、ここにも来るかもしれん。退屈してるようだからな」

「よかった」

上がり框に座ったまゆみは、顔をほころばせた。

「何か、右京に言伝《ことづて》があるか」

平兵衛が振り返って訊くと、

「あ、ありません……」

まゆみは口ごもって、頬を染めた。まゆみにしてみれば、胸の内で慕《した》っているだけで、まともに話したこともないのである。

そんなまゆみの様子を見るにつけ、平兵衛の心も揺れた。右京といっしょにしてやりたいが、右京が殺し人のままでは不幸になるだけである。

「では、行ってくる」

平兵衛は腰高障子をあけて、外へ出た。

おだやかな小春日和《びより》だった。井戸端ちかくの日だまりで、長屋の子供たちが影踏みをして遊んでいる。子供たちの弾けるような笑い声に送られて、平兵衛は路地木戸から表通りへ出た。

本所番場《ばんば》町の妙光寺《みょうこうじ》へ行くつもりだった。妙光寺は無住の荒れ寺だった。この寺の境《けい》内《だい》を、平兵衛は独り稽古の場所にしていたのだ。

寺の境内を鬱蒼《うっそう》と葉を茂らせた杉や樫《かし》などがかこっていて、人目をさけて木刀や真剣を振るうのにいい場所だったのである。

いま、孫八が兵吉の塒を探っていた。いずれ、知れるだろう。それに、ふたりの殺し人を雇っているのは、むささび一味の黒猿の政と呼ばれる男であることも島蔵から聞いた。

やっと、依頼人の彦三の命を狙っている相手の全貌が見えてきたのである。

――ふたりの殺し人と立ち合うのも、そう遠くではない。

と、平兵衛は自覚していた。

それで、己《おのれ》の体を鍛《きた》えなおそうと思ったのである。平兵衛は殺しの仕掛けが近付くと妙光寺へ来て、木刀や真剣を振って鍛えなおすのを常としていたのだ。

老いて衰えた体を、壮年のころの強靭で敏捷な体にもどそうとするのではない。平兵衛が取りもどそうとしたのは、真剣勝負のおりの勘と一瞬の反応だった。それさえもどれば、ふたりの殺し人とも勝負になる、と思っていたのだ。

平兵衛は回向院《えこういん》の裏手を通って、御竹蔵の前の大川端へ出た。川沿いの道を上流にむかってしばらく歩けば、妙光寺のある番場町へ出る。

御竹蔵は享保《きょうほう》（一七一六～三六）のころまで、竹や材木の蔵が置かれていたが、いまは浅草御蔵の対岸に位置することから米蔵として使われていた。それでも、御竹蔵とむかしの名のままで呼ばれている。

大川の川面はおだやかだった。晩秋の陽射しを反射《はね》て黄金《きん》色にひかる川面を、猪牙舟や屋根船がゆっくりと行き来している。

御竹蔵の前を通り過ぎて、石原町まで来たときだった。

「安田ではないか」

と、ふいに背後から声をかけられた。

振り返ると、島田武左衛門が立っていた。町家のつづく路地から出て来たらしい。

「いや、奇遇だ。二度目ではないか」

島田は皺の多い顔に笑みを浮かべた。

「そういえば、この前もこの辺りだったな」

この前会ったのも、石原町の大川端だった。

「石原町に門人だった男がいてな。立ち寄った帰りだが、そこもとはどこへ」

島田が訊いた。

「そ、そこまでな……」

平兵衛は口ごもった。殺しのために老いた体を鍛えなおしに行くなどと口にはできなかった。

「急ぎの用件か」

「いや、いつでもいいのだ」

「ならば、付き合え。ここで、二度も会ったのは、何かの縁だ」

島田が声を大きくした。

「何を付き合えというのだ」

酒では、なさそうだった。

「稽古だ」

「稽古」

「そう、剣術の稽古だ。むかしを思い出し、三十数年ぶりで、打ち合ってみよう。みれば、体もなまってはいないようだ」

「だが、久しく木刀も手にしてないし……」

平兵衛は戸惑った。道場で木刀を打ち合う稽古など、それこそ三十数年やっていない。若いころと同じ気持ちで、打ち合ったら怪我をするだろう。

「やろう、やろう。いや、懐かしい。おぬしと、また稽古できるなど、神仏の引き合わせかもしれんぞ」

島田はすっかりその気になっている。

「いいだろう」

平兵衛は、これも鍛えなおす手かもしれぬ、と思った。

「ところで、どこでやるのだ」

平兵衛が訊いた。

「すこし遠いが、わしの道場だ。だいぶ傷んでいるが、まだ稽古はできる」

そう言って、島田は両国橋の方に歩きだした。

島田道場は本郷にあると聞いていた。遠いが、まだ午前中である。時間の余裕はあった。

ふたりは肩を並べて、大川端を歩いた。むかしの同門と稽古をすることになったからかもしれない、若いころのふたりにもどったような気がして、妙に胸がはずんだ。

──あのころが、花だったのかもしれぬ。

平兵衛は剣で身を立てようと、金剛流の稽古に打ち込んでいた。島田も同じ思いだったはずである。

ふたりの腕はほぼ互角で、競い合っていたといっていい。お互いに、相手より強くなろうと、先を争うように師匠や師範代に稽古をつけてもらったものだ。

金剛流は、富田《とだ》流小太刀の流れをくむ流派で、小太刀から剣、槍、薙刀《なぎなた》まで教えていた。そのため、稽古は荒々しかった。

だが、ふたりとも体中生傷が絶えないような荒稽古でも音を上げなかった。相手より強くなりたい、強くなって剣で身を立てたいという熱い思いがあったからである。

──それが、いまはどうだ。

老いぼれた身でありながら、闇に棲《す》む鬼のような殺し人である。三十余年の歳月が平兵衛を、思いもしなかった地獄の淵へ押し流したのだ。

歩きながら、平兵衛はチラチラと島田に目をやった。三十余年の間に、島田がどのような場所に流れ着いたのか見ようとしたのだ。

島田の顔は老いていたが、体は剣客らしいひき締まった筋肉におおわれていた。胸が厚く、腕も太い。いまも稽古をつづけていることは一目瞭然だった。それに、身近にいる者を竦《すく》ませるような威圧があった。島田は、若いころより腕を上げたのかもしれない。

——だが、道場の剣ではない。

平兵衛の顔から、おだやかな表情が消えた。以前会ったときも感じたのだが、島田の身辺には剣の修羅場をくぐってきた者のみが持つ、殺伐とした雰囲気がただよっていたのだ。

2

戸口に、金剛流剣術指南の看板が出ていなければ、商家の倉庫か蔵と見まがうかもしれない。それに、だいぶ傷んで、庇《ひさし》の一部が落ち板壁の所々が剝《は》がれていた。

「ここは、酒屋の蔵だったのだ。当時、潰《つぶ》れた酒屋から買い取り、大工を入れて床を張り替えて道場らしく改築したのだが、なにせ二十年の余も経つからな」

島田は苦笑いを浮かべて、入ってくれ、と言った。

なるほど、なかは道場らしくなっていた。左右は板壁で、武者窓もある。正面には神棚がしつらえられ、狭いが師範座所もあった。

板壁には武器を掛ける場所があり、木刀、槍、薙刀などが掛けてあった。ただ、しばらく稽古はしてないらしく、床板にうっすらと埃がつもっていた。

「わしの住まいは、道場の裏手にある」

言われてみれば、正面の右手に引き戸があり、そこから裏の住居へ行き来できるようになっているようだ。

「門弟は」

平兵衛が訊いた。

「数人いるにはいるが、ちかごろ顔を出さぬ。まァ、この有様では、来いと言う方が無理かな」

島田は自嘲するように言った。

「さて、武器《えもの》は何にするな」

島田が武器の掛かっている板壁の方に目をやって訊いた。

「木刀でいい」

島田道場では、竹刀を遣っての試合稽古は取り入れてないと聞いていたし、竹刀もかかっていなかった。木刀での打ち合いは危険だが、それしかない。木刀で頭を強打されたり喉を突かれたりすれば、命にかかわる。木刀も真剣と変わらぬ武器になるのだ。

「承知した」

島田は袴《はかま》の股立《ももだち》を取り、ふところから細紐《ほそひも》を取り出して襷《たすき》をかけた。

平兵衛も同じように身支度をととのえた。

そのとき、正面の右手の引き戸があいて、若侍がひとり姿をあらわした。眼光のするどい剛毅《ごうき》な面構えの偉丈夫だった。

「倅の市之助《いちのすけ》だ」

島田が目を細めて言った。

言われてみれば、高い鼻梁や口元が似ていた。

「島田市之助にござる。おみしりおきを」

市之助は丁重な物言いで、平兵衛に挨拶した。

「安田平兵衛でござる。島田どのとは、若いころ同門でござってな。久し振りに打ち合ってみようと思い、お邪魔した次第でして」

平兵衛は照れたように言った。

「市之助は、見取り稽古をするがよい」

島田がそう言うと、市之助は、そうさせていただきます、と言って、道場の隅へ行って端座した。

「では、まいろうか」

島田は木刀を手にして、ビュッ、とひと振りした。

平兵衛も手頃な木刀を手にし、島田と対峙した。

「いざ」

「オオッ」

島田は八相に構えた。腰の据わった大きな構えである。八相は木《もく》の構えともいわれるが、まさに大樹のようなどっしりとした隙のない構えだった。

対する平兵衛は、青眼に構えた。虎の爪の逆八相には構えなかった。殺し人としての必殺技を遣うわけにはいかなかったのだ。それに、相手の肩から脇まで斬り下げる剛剣は、木刀であっても致命傷を与える。

そのとき、島田の顔に不満そうな表情がよぎった。平兵衛の構えに物足りなさでも感じたのだろうか。

だが、すぐに表情を消し、構えに気魄を込めた。

ふたりの間合は、およそ二間半。まだ、一足一刀の間境からは遠かった。

島田が足裏を擦《す》るようにして、間合をせばめてきた。大樹がおおいかぶさるような迫力がある。平兵衛は身の竦むような感覚にとらわれた。島田の構えと気魄に気圧《けお》されているのだ。

——腕を上げた！

平兵衛は、背筋を冷たい物で撫でられたような気がした。

それでも、平兵衛は引かなかった。剣尖に気魄を込め、島田の威圧に耐えていた。

一足一刀の間境の手前で、島田の寄り足がとまった。

ふたりは動きをとめて気魄で攻め合っていたが、ふいに、島田の右足が斬撃の間境を越えた。

刹那、稲妻《いなずま》のような剣気が疾《はし》った。

タアッ！

裂帛の気合とともに、島田の木刀が平兵衛の頭上を襲った。

迅《はや》い！　一瞬、平兵衛の目に、島田の体が膨れ上がったように見えた。

が、平兵衛の体も反応していた。

体《たい》を引きざま、青眼から木刀を撥ね上げたのである。

戛《かつ》！

乾いた音がひびいた。次の瞬間、島田の体が平兵衛の眼前で沈み、二の太刀が胴へきた。

瞬間、平兵衛は木刀の柄で受けようとしたが、間に合わなかった。

平兵衛は、脇腹に疼痛《とうつう》を感じた。

「まいった！」

平兵衛は声を上げて、木刀をおろした。島田の胴が平兵衛の脇腹に入ったのだ。

かすかな痛みだった。島田は胴を打つ瞬間、手の内をしぼって木刀をとめたため、軽い打撃ですんだのである。

「いまのは、すこし軽かった。もう一手」

ふたたび、島田は三間ほどの間合を取って対峙した。

平兵衛は八相にとった。一本目と逆である。

島田は青眼に構え、平兵衛が仕掛けるのを待つように、やや剣尖を下げて動かずにいたが、平兵衛が動かないとみて、つ、つ、と間をつめてきた。剣尖が、ぴたりと平兵衛の喉元につけられている。

平兵衛はそのまま喉を突かれるような威圧を感じた。

イヤアッ！

突如、平兵衛が甲高い気合を発し、打突の気配を見せた。気合と気配で、島田の寄り足をとめようとしたのである。

だが、島田は足をとめず、斬撃の間境を越えるや否や仕掛けてきた。腰が沈み、ピクッ、と剣尖が動いた。

——突きだ！

察知した瞬間、平兵衛は八相から木刀を振り下ろした。

伸びてくる島田の木刀をはじいた。次の瞬間、島田は木刀をまわして肩口へ打ち込んできた。

平兵衛は後じさりながら、その攻撃もはじいた。

戛、戛、と木刀を打ち合う音がひびき、ふたりの体が激しく躍動した。

「籠手《こて》だ！」

島田の声と同時に、ビシッと肌を打つにぶい音がし、平兵衛の右手に疼痛がはしった。

二度敵の打ち込みをはじき、次の打突にそなえて木刀を構えようとした瞬間、島田の切っ先が平兵衛の右籠手を打ったのだ。まさに、流れるような太刀捌《さば》きである。

「こ、籠手をもらった！」

平兵衛は、すぐに木刀を下ろし、

「いやァ、強い。わしの及ぶところではない」

と、息をはずませながら言った。

実感だった。島田は若いころよりはるかに腕を上げていた。それに、日頃の鍛練《たんれん》のせいか、これだけ激しく動いても息が乱れていない。

「いやいや、そこもとの太刀筋も鋭い。長く、稽古から遠ざかっていたとは思えぬ冴えがある」

島田はそう言って、道場の隅に座している市之助に目をやった。

市之助は、眉も動かさずに平兵衛を見つめている。

「ご子息も遣われるようだな」

平兵衛は、市之助の端然とした姿にかなりの遣い手であろうとみた。

「まだまだ、おぬしの足元にもおよぶまい」

「それにしても、親子で剣に打ち込めるなど、うらやましいかぎりだな」

平兵衛は、手にした木刀を掛けながら言った。

「この荒れ道場ではどうにもなるまい。そのうち、建て替えて、倅に継がせるつもりではいるが……」

島田は語尾を濁した。

「それはいい」

「ところで、おぬしの剣だがな」

島田が声をあらためて言った。

「果敢だが、太刀筋が荒いようだ。……もっとも、真剣勝負には果敢さが必要だがな」

「そうかもしれん」

平兵衛には、島田の言わんとしていることが、よく分かった。竹刀や木刀での立ち合いでは、迅速で細かな太刀捌きが勝負を決するが、真剣勝負は身を挺《てい》した果敢な攻撃が敵を斃《たお》すのである。

「だが、いまのわしは研ぎ師だ。いまさら、太刀筋を気にすることはない」

「そうだったな。……長生きしたかったら、剣など持たぬことだな」

島田は平兵衛を見つめて、低い声で言った。双眸が刺すように鋭く、その声には腹にしみるような重いひびきがあった。

「……！」

一瞬、平兵衛は身を固くした。

長生きしたければ、殺し人をやめろ、と島田が言ったような気がしたのだ。

ふいに、島田は相好をくずし、

「いやァ、久し振りで、いい稽古ができた」

と、愉快そうに笑った。

3

孫八は伊勢町の掘割沿いの道を歩いていた。この辺りは、米河岸がちかいせいか、米問屋、米屋、舂米屋《つきまい》などが多く、米問屋の印半纏《しるしばんてん》を着た船頭や米俵を積んだ大八車とよくすれちがう。

孫八は路地を歩きながら、借家らしい町家を探していた。兵吉の塒《ねぐら》をつきとめるためである。

梅次を捕らえて話を聞いたとき、兵吉の長屋は伊勢町の借家だと口にしたのを思い出し、それらしい家を当たれば、兵吉の塒はつきとめられるだろうと踏んだのだ。

孫八は伊勢町に来て三日目だった。この間に数軒借家を探し、近所で訊いてみたが、兵吉の住居は分からなかった。

狭い掘割沿いに小体な裏店がつづく一角に、借家らしい建物があった。表戸はしまっていたが、空家ではないらしかった。

ちょうど、近くを船頭らしき男が通りかかったので、訊いてみると、

「名は知らねえが、独り者の男が住んでるらしいぜ」

と言い残して、足早に離れていった。

孫八は周囲に目をやった。半町ほど離れた掘割沿いに、小体な漬物屋があった。兵吉が漬物を買いにくることはあるまいと思ったが、ほかに話の聞けそうな店がなかったので、入ってみた。

店先に立つと漬物の臭いが鼻についた。たくあん、茄子《なす》の塩漬け、菜の塩押し、嘗味噌《なめみそ》などの入った樽や平桶がごてごてと並んでいる。

「何か用ですかい」

片襷《かただすき》をした親父が、無愛想に訊いた。孫八を客と見なかったのだろう。

「ちょいと、訊きてえことがあってな」

孫八はふところから巾着《きんちゃく》を取り出し、一朱銀を親父の手に握らせた。いつもの出費である。

「旦那、何をお訊きになりてえんで」

親父は、ころっと態度を変えた。一朱銀が利いたらしい。

「この先に、雨戸をしめたままの家があるだろう」

「ああ、あれ……」

親父は、孫八の指差した方に首をひねった。

「だれが住んでるんだい。なに、おれがむかし世話になった兵吉の兄いが、このちかくの借家に住んでると聞いてるもんでな」

孫八は兵吉の名を出した。

「そういえば、兵吉さんと聞いた覚えがありますよ」

親父は、独り者のようです、と言い足した。

「やっぱり、そうか」

孫八は内心ほくそ笑んだが、顔には出さず、

「侍が訪ねてくるようなことはねえかい」

と、訊いた。

「侍ねえ。見たことありませんが」

親父は怪訝《けげん》な顔をした。侍が訪ねてくるような家ではない、と思っているふうだった。

「いつごろから、あの家に住むようになったんだい」

「三、四年経つでしょうかね。いつも戸をしめたままで、あまり家にはいないようですよ。付き合いはないので、くわしいことは知りませんがね」

親父は白《しら》けたような顔をして言った。

それから、孫八は、島蔵から聞いた政造のことも訊いてみたが、親父は知らないらしかった。

その日から、孫八は張り込みを始めた。兵吉の所在を確かめるだけでなく、政造と殺し人ふたりの宿もつかみたかったのである。

兵吉の住む借家から半町ほど離れた路傍に、ちいさな稲荷《いなり》があった。祠《ほこら》の周囲に椿《つばき》と樫《かし》が枝葉を茂らせていたので、その樹陰に身をひそめて、孫八は借家の戸口に目をむけていた。

ときおり、兵吉が姿を見せた。兵吉は午後になって出かけ、暗くなってから帰ることが多かった。跡を尾けると、行徳河岸の八津屋に行ったり、深川まで足を伸ばして室田屋の店先を覗いたりしてもどってくる。政造やふたりの殺し人と接触した様子はなかった。

孫八が稲荷の樹陰に身をひそめるようになって二日目だった。

表戸があいて、兵吉が姿をあらわした。

──出て来たぜ！

兵吉は、めずらしく地味な縞柄の着物を尻っ端折りし、黒股引に草履履きだった。首に手ぬぐいをひっかけている。船頭か、大工といった格好である。

兵吉は足早に小伝馬《こでんま》町の方へ歩いていく。

――今日は、別のところへ行くようだ。

行徳河岸や深川方面ではなかった。そのまま行けば、神田川へ突き当たり、その先は下谷や浅草である。

兵吉は牢屋敷のある小伝馬町ちかくまで来ると、左手の路地へまがり、日本橋通りへ出た。湯島《ゆしま》方面へむかっていく。

尾行は楽だった。表通りは大勢の通行人が行き交い、近付いても尾行を気付かれる恐れはなかった。

兵吉は八ツ小路へ出て、神田川にかかる昌平《しょうへい》橋を渡った。

湯島である。兵吉は、神田明神下を通って同朋《どうぼう》町へ入った。左手の高台に湯島天神社の甍《いらか》が見える。

兵吉はごてごてと町家のつづく路地を通り、湯島天神の門前にちかい一角にあった料理屋に入っていった。二階建てで、格子戸の玄関の脇に雪洞《ぼんぼり》が立っていた。まだ新しい洒落《しゃれ》た店である。

掛け行灯に、ひさご屋と記されていた。

──客じゃァねえようだ。

と、孫八は思った。

斜向かいに、板塀をめぐらせた仕舞屋《しもた》があったので、孫八はしばらく板塀の陰に身を隠して、ひさご屋の玄関先に目をやっていた。

町筋を暮色がつつみ始め、雪洞の灯がぼんやりと格子戸を浮き上がらせている。ときおり、店のなかから女のなまめいた声や男の笑い声などが聞こえてきた。

兵吉はなかなか出てこなかった。ふたりの殺し人、助五郎、政造らしき男など、兵吉とつながりのある者も姿を見せなかった。

一刻(二時間)ほど、孫八はねばっていたが、空腹が耐えがたくなってきたこともあって、その日はそれで諦めた。

翌日、孫八は深川から真っ直ぐ同朋町に足を運んだ。まず、ひさご屋を調べてみるつもりだった。

近所の店に何軒か立ち寄って訊いてみると、ひさご屋は四年ほど前に建てられ、お勝《かつ》という女将が切り盛りしているとのことだった。

「旦那はいねえのかい?」

孫八は、三軒目に立ち寄った下駄屋の主人に訊いた。

「旦那なんでしょうね。ときどき、四十がらみの男が来るようですよ」

主人は口元に卑猥な嗤いを浮かべた。亭主ではなく、情夫《いろ》ということらしい。四十がらみとなると、兵吉ではないようだ。

「旦那の名は、政造ではないか」

「いえ、源《げん》右衛《え》門《もん》さんだったと思いますよ」

「源右衛門な」

初めて聞く名だった。だが、政造なら本名は名乗らないかもしれない。源右衛門が政造である可能性は高いと思った。

孫八は、源右衛門の住居や生業《なりわい》などを訊いてみたが、主人は知らないようだった。

「どんな男だい？」

孫八は人相風体を訊いてみた。

主人の話では、大店の旦那ふうの格好をしているが、色の浅黒い目付きの鋭い男だという。

「三日に一度は、ひさご屋さんに顔を出しますから、なんなら行ってみたらどうです」

主人はそう言って、話を切り上げたいような素振りを見せた。いつまでも、客でもない男と油を売っているわけにはいかないと思ったようだ。

「邪魔したな」

孫八はそう言い残して、下駄屋を出た。

それから、孫八は昨日身をひそめた仕舞屋の板塀の陰に行き、ひさご屋の玄関先に目をむけた。源右衛門の顔を拝んでみようと思ったのである。

七ツ（午後四時）ごろ、それらしい男が姿を見せた。唐桟《とうざん》の羽織に小紋の小袖、大店の旦那ふうの格好だった。下駄屋の主人が言っていたように、色が浅黒く目付きが鋭い。

――商いをやっているようには見えねえ。

男の身辺に、闇に棲む陰湿で酷薄な雰囲気がある。孫八は、この男が政造だろうと直観的に思った。

4

――まさか、島田父子《おやこ》が。

平兵衛の胸に、島田父子がふたりの殺し人ではあるまいか、という疑念が生じた。遣い手の老齢の武士と若い武士。島田父子なら、符合するのである。

それに、島田が、長生きしたかったら、剣など持たぬことだな、と口にしたことも気になっていた。島田は平兵衛が殺し人であることを知っていて、殺し人をやめろ、と言ったのではないだろうか。

そう考えると、島田が平兵衛を道場へ連れていって、立ち合いを望んだのもうなずける。

島田は自分の腕を平兵衛に見せ、わしには勝てぬ、だから、この仕事から手を引け、と示唆《しさ》したのだ。

大川端で出会ったのも偶然ではないかもしれない。島田は平兵衛の跡を尾けて、あの場で出会ったふりをしたのではあるまいか。

——ともかく、島田父子が殺し人かどうか、はっきりさせねば。

平兵衛はそう思い、右京に会って話を聞いてみることにした。右京は、若侍と立ち合っているのだ。

右京は極楽屋にいた。平兵衛の顔を見ると、相好をくずし、

「退屈してますよ」

と言って、飯台の向かいに腰を下ろした。

「元気そうだな」

右京が怪我をして、十日ほど経っていた。襟元から肩口に巻いたさらしが見えたが、傷は順調に回復しているようだった。

「明日にでも、室田屋に行ってみようかと思っているのです」

「彦三も、変わりないようだがな」

平兵衛は、右京が室田屋に行かなくなってからときどき彦三に会っていたが、変わりなく商売をつづけているようだった。もっとも、彦三は日中人通りのある場所へしか出かけないので、殺し人たちも狙《ねら》いようがないのかもしれない。

平兵衛は島蔵が淹れてくれた茶で喉をうるおした後、

「ところで、おまえを襲った男のことを話してくれんか」

と、切り出した。

「相手は三人でしたが」

「武士のことだけでいい」

平兵衛が知りたいのは、若侍が島田市之助かどうかである。

「がっちりした体軀の男でしたよ。顔は、黒布で隠していたので分からないが」

「目付きは」

「鋭い。猛禽《もうきん》を思わせるような目でした」

「うむ……」

やはり、市之助のようである。となると、もうひとりの殺し人は、父親の武左衛門ということになる。

――強敵だ！

平兵衛は、背筋を冷たい物で撫《な》ぜられたような気がした。道場で立ち合った島田の腕は、あきらかに平兵衛より上だった。島田は、わしには勝てぬから、手を引け、と示唆するために、平兵衛を道場に同道して立ち合ったのであろう。ということは、島田も平兵衛が殺し人として命を狙っていることを知っているからなのだ……。

――これは、容易ならぬ敵だ。

平兵衛の体が小刻みに顫《ふる》えだした。恐怖とおびえである。くわえて、体の芯《しん》に凍《こお》りつくような感覚があった。それは、己の罪業の深さに対する恐れとおののきであった。なんとも惨《ひど》い巡り合わせである。老いてなお、同門の旧友と斬り合わねばならないのだ。これも、殺し人として生きてきた罪業のためであろう。

平兵衛が呆然として虚空に目をとめていると、

「安田さん、何か心当たりでも」

右京が訊いた。

「まだ、はっきりせぬが、わしの知っている男かもしれぬ」

平兵衛は己の顔色を消して言った。

「だれです？」

「まだ、口にするわけにはいかぬ」

「いずれにしろ、その男はわたしが斬りますよ。……借りがありますから」

右京は静かな声で言ったが、目に刺すようなひかりが宿っていた。

──本気だな。

と、平兵衛は感じた。右京は、殺し人という仕事だけでなく、ひとりの剣客としてその男と勝負を決したいと思っているようだ。

平兵衛の脳裏にまゆみのことが浮かんだ。平兵衛の胸には、右京に殺し人をやめてもらい、まゆみといっしょにさせたいという思いがあったが、右京にはその気がないようである。

「そやつが、わしの知っている男かどうかはっきりしたら知らせよう」

そう言って、平兵衛は立ち上がった。胸の内には、なお疑念があった。それは、島田ほどの男が、なぜ殺し人などをしているのかという疑念である。

平兵衛は、もうすこし島田のことを知ろうと思った。できれば、島田父子とは斬り合いたくなかったのだ。

「油断するなよ」

そう言い置いて、極楽屋を出た平兵衛は小名木川の方に足をむけた。

小名木川の先の深川六間堀町に、彦坂裕太郎《ひこざかゆうたろう》という男がいた。平兵衛が小石川の道場で金剛流を学んでいたころ同門だった男である。

当時、彦坂は小身の旗本だったが、変わり者で知られていた。剣より俳諧《はいかい》や絵画などを好み、文人墨客《ぼっかく》と盛んに交遊していた。四十代のころ倅《せがれ》に家督を譲って隠居し、いまは六間堀町で俳句の師匠をしていると聞いていた。

数年前、路傍で彦坂と会って立ち話をしたことがあった。そのとき、何を言ったかは忘れたが、彦坂が島田のことを口にしたのを覚えている。彦坂なら、島田のその後のことを知っていると思ったのである。

彦坂の住居はなかなか分からなかった。それでも、俳句の師匠の家と言って、表店の主人や通りすがりの者に訊くと、やっと分かった。彦坂は宗俊《そうしゅん》という名で、裏通りの小さな借家にひとりで住んでいた。

「安田どのか、よくここが分かったな」

彦坂は機嫌よく平兵衛を迎え、座敷に上げてくれた。

無腰で、茶の袖無しに同色のかるさん。白髪を肩まで垂らし、白髯をたくわえている。いかにも独居老人といった風采である。

「通りかかった人に俳句の師匠と言ったら、すぐに教えてくれたよ。用はないのだが、急に懐かしくなってな」

平兵衛は、照れたような顔をして言った。

「いや、よく来てくれた。それに、息災そうではないか」

「体だけは、丈夫だ」

「それがなりより。……どうです、稼業の研ぎ師は？」

彦坂が、笑みを浮かべて訊いた。平兵衛が刀の研ぎ師を生業にしているのを知っているのだ。彦坂は、お互い武家から離れ市井で暮らしている平兵衛に、親近感を持っているのかもしれない。それに、俳句の師匠と刀の研ぎ師という似たような境遇でもある。

「なんとか、暮らしは立っているが、食うのがやっとでござる」

平兵衛は苦笑いを浮かべた。

「それでも、わしよりはいい。家からの合力《ごうりき》がなければ、口を糊することもできんからな」

彦坂の家は小身ながら旗本なので、合力があるらしい。

「ところで、ちかごろ、島田武左衛門に会ってな。剣術の稽古をしたよ」

平兵衛が切り出した。

「剣術の稽古を」

彦坂は驚いたような顔をした。

「いや、散々な目に遭った。それにしても、島田はたいしたものだ。若いころより、強いかもしれんぞ」

平兵衛が島田を持ち上げると、彦坂は顔をしかめ、

「それで、本郷の道場へ行ったのか」

と、平兵衛を上目遣いに見ながら訊いた。島田のことをよく思ってないようである。

「ああ、倅の市之助どのもいてな。父子で道場をやっているようだ」

「門弟はおるまい」

「そう言えば、門弟はいなかったな」

「島田道場は、何年も前に潰れてるんだよ」

彦坂は急に声をひそめた。

5

彦坂によると、島田道場に門弟がいなくなったのは、十数年も前だという。

理由は、平兵衛も聞いていたとおり、島田が木刀による組太刀の稽古のみに固執《こしつ》したことと、稽古が荒く怪我をする門人が絶えなかったことにあったらしい。当初はそこそこ集まった門人も、ひとり去りふたり去りして、気がついたときはだれもいなくなったそうである。

「わしは本郷に親戚がいたので、ときおり島田の話を耳にしたのだが、その後の暮らしが悲惨でな。まさに、困窮極まれりといったところだな」

彦坂は眉をしかめた。

「うむ……」

平兵衛にも、島田の窮乏の様子は分かった。平兵衛自身、安田家が潰れてから、食うや食わずの貧困のどん底に置かれ、やむなく殺しに手を染めるようになったのである。

「道場が潰れて、三年ほどして妻女も亡くなってな。近所の者は、父子ともども飢え死にするのではないかと懸念していたそうだよ」

妻女の名は昌江《まさえ》、飢えで衰弱した体に労咳《ろうがい》をわずらい、島田と嫡男の市之助を残して死んだのだという。

「そんなふうには、見えなかったぞ。老体とはいえ、武左衛門は壮気に満ちていたし、市之助どのは偉丈夫だった」

平兵衛の目には、窮乏しているようには見えなかった。

「それがな、三、四年前から様子が変わったのだ」

彦坂は上目遣いに平兵衛の顔を見た。

「どう変わったのだ」

「急に暮らしぶりが豊かになり、柳橋や上野の料理屋などで島田の姿を見かけるようになったのだ」

彦坂は平兵衛の方に膝を寄せ、

「それについて、よからぬ噂がある」

と、言い添えた。

「よからぬ噂とは」

「親子で賭場へ出入りし、博奕打ちの用心棒をやっているとな。……いや、用心棒ならよい。その後、辻斬りをやっているのではないかとの噂が立ったのだ」

「辻斬り……」

そうかもしれぬ、と平兵衛は思った。

平兵衛とそっくりだった。飢餓《きが》に追いつめられれば、武士としての矜持《きょうじ》も忘れる。生きていくためなら、用心棒でも辻斬りでもやるだろう。平兵衛には、一人娘のまゆみだけは守りたいという強い思いもあって、殺し人に手を染めたのである。

――だが、いまは用心棒でも辻斬りでもない。

殺し人であろうと、平兵衛は思った。

「安田どの、悪いことは言わぬ。島田には、あまり近付かぬ方がよいぞ」

彦坂は暗い顔をして言った。

「そうしよう」

平兵衛はそう答えるよりほかになかった。

「それにしても、人の一生というものは川の流れに漂う木の葉のようじゃな。気が付いてみれば、途方もないところへ流れ着いておる」

彦坂は、しみじみとした口調で言った。

「……」

それは、平兵衛とて同じだった。表向きは研ぎ師だが、その実、地獄で生きている殺し人である。

「とんだ、邪魔をした」

平兵衛は腰を上げた。それ以上、彦坂と話すこともなかったのである。

「いや、いつでも来い。剣術の手直しは無理だが、一句ひねり出したくなったら、いつでも指南してやるぞ」

彦坂は笑いながら言って、平兵衛を送り出した。

平兵衛はその足で、吉永町にむかった。右京に、島田父子のことを話し、迂闊《うかつ》に手を出すなと釘を刺しておくためである。島田父子は強敵だった。闇雲に勝負を仕掛ければ、右京でも後れをとるかもしれない。

六間堀沿いの道を歩きながら、

――島田父子とやり合わずに済む手はあるまいか。

と、平兵衛は思った。

島田父子と立ち合いたくなかった。相手が強敵だからではない。若いころ、切磋琢磨《せっさたくま》し合った同門同士が地獄の縁《ふち》に流れ着き、殺し人として斬り合うのは、あまりに惨めだと思ったのである。

立ち合いを避けるためには、島田が示唆したように平兵衛が殺しから足を洗えばいいのだが、それでは生きていく糧《かて》を失うことになる。それに、すでに平兵衛は島田父子や政造たちの殺しを承知してしまっているのだ。殺し人にも掟《おきて》がある。依頼を受け、金を手にしてから己の都合で手を引くことはゆるされない。

島田父子に殺しを依頼した者をつきとめ、そっちを始末すれば、ふたりが手を引くかもしれないとも思ったが、それもむずかしかった。たとえ依頼主が死んでも約定は残るし、島田が自分から手を引くとは思えなかったのである。

極楽屋に右京はいなかった。飯台に腰を下ろすと、板場にいた島蔵が濡れた手を拭きながら出てきて、

「片桐さんは、室田屋へ行きましたぜ」

と言って、平兵衛の脇に腰を下ろした。何か平兵衛に、話したいことがあるらしい。

「何かな」

「旦那、気を付けてくだせえ。しきりに、駒造が動いてるようなんで」

「岡っ引きの駒造か」

「そうなんで」

島蔵によると、嘉吉と昌造《まさぞう》から、駒造が先に殺された岡島屋徳兵衛や彦三のことを手先を使って調べているらしいとの報《し》らせがあったという。

嘉吉と昌造は極楽屋に住み着いている男で、島蔵の手先でもあった。ふだんは普請の人足だの日傭取《ひようと》りなどして暮らしているが、島蔵が頼めば下っ引きのような働きもする。むろん、島蔵から手当てをもらってのことである。

「むささび一味と嗅ぎつけたのではないかな」

むささび一味のひとりとして追っていた義六が殺されたことで、同じように殺された徳兵衛と文治にも疑いを持ったのではあるまいか。

「そうでしょうな。……いや、死んだ者はかまわねえ。おれが心配してるのは、旦那や片桐さんのことだ。彦三の線から手繰《たぐ》られて正体が知れたら面倒ですぜ」

島蔵が身を寄せて小声で言った。

「そうだな」

駒造に殺し人であることを気付かれたら、町方を相手にしなければならなくなる。そうなると、平兵衛ひとりの問題ではなく、右京はもちろんだが、島蔵も地獄屋に住み着いている者たちも生きていけなくなるだろう。もっとも、駒造に鼻薬を利かせて、仲間に取り込めば別である。

「片桐さんには言っときやしたが、孫八にはまだなんで。駒造に気をつけろ、と旦那から話しておいてくだせえ」

「分かった」

孫八は、その点ぬかりはなかった。駒造が嗅ぎまわっているかどうかにかかわらず、滅多なことでは町方に疑念を持たれるようなことはないはずだった。

「旦那、一杯《いっぺえ》やっててくだせえ」

そう言い置いて、島蔵は板場へもどった。

6

平兵衛が彦坂と会った二日後、孫八はひさご屋から出てきた政造らしき男を尾けていた。

男は湯島天神の門前を通って、本郷の方に歩いていく。足の速い男だった。

孫八は半町ほど間をとって跡を尾けたが、ときおり小走りにならねば、後ろ姿を見失いそうだった。

男は中山道へ出ると、追分《おいわけ》の方へむかい、加賀《かが》百万石前田《まえだ》家の前を右手に折れた。寂《さび》しい通りである。路地の左右に寺があり、境内の松や欅《けやき》などが鬱蒼と枝葉を茂らせていた。寺のつづく路地を抜けると、町家が軒を連ねる通りへ出た。菊坂《きくさか》町である。

男は菊坂町の細い路地の突き当たりにある仕舞屋に入っていった。家のまわりに生け垣がまわしてあり、狭いながら紅葉《もみじ》や松などの植えられた庭もあった。妾宅のような感じがする。

——ここがやつの塒のようだな。

孫八は生け垣に身を寄せて、なかの様子をうかがったが、ひっそりとして物音ひとつ聞こえなかった。

孫八はしばらく生け垣の陰に身をひそめていたが、男の出てくる気配はなかった。

生け垣の陰から出ると、孫八は裏店のある通りへもどった。仕舞屋に入った男のことを訊いてみようと思ったのである。

小体な春米屋があったので、なかへ入ると、手ぬぐいで頬っかむりした親父が出てきた。唐臼《からうす》を踏んでいたらしく、手ぬぐいや紺の股引が米糠《こめぬか》で薄茶色になっていた。

「何かご用で」

親父は品定めするように孫八を見ながら無愛想に訊いた。

孫八は、また袖の下を使った。この手の男はいくらかでもつかませないと、何もしゃべらないのだ。

「この先の仕舞屋のことでな。さっき入っていった男が、むかし世話になった政造のような気がしたんだがな」

孫八は源右衛門ではなく政造の名をだした。

「住んでるのは、源右衛門さんですよ」

やはり、政造ではなく、源右衛門の名を遣っていた。

「源右衛門さんねえ。で、ひとりで住んでるんですかい」

「さァ、ふだんはひとりのようですが、色っぽい年増がいっしょのときもありますよ」

親父は口元に卑猥な嗤《わら》いを浮かべた。淫らな光景でも想像したのだろう。

「大店《おおだな》の旦那ふうの格好をしていたが、何をしてるんだい。おれの知ってる政造は大工だったんだがな」

孫八は適当に言いつくろった。

「何をしてるか知りませんが、大工じゃありませんね。ときおり、人相のよくない男が出入りしてるし、近所の者は高利貸しでもしてるのでは、と噂してますよ」

親父は眉宇を寄せて言った。

「人相のよくない男というと、侍《さむれえ》か」

孫八は、殺し人ではないかと思った。

「お侍も来ますが、やくざのような男も来るようですよ」

「……」

孫八は、侍が殺し人で、やくざのような男が兵吉や助五郎ではないかと思った。

「ところで、源右衛門は、いつごろからあの家に住むようになった」

「五、六年前ですかね」

「その前は、本所の方にいたと言ってなかったかい」

孫八は、適当な地名を口にした。源右衛門がここに来る前、どこに住んでいたか分かればいいのである。

「知りませんねえ。近所の者との付き合いもないようですしね」

親父はそう言うと、かぶっていた手ぬぐいを取って、膝先の糠をパタパタとたたきだした。話を切り上げたいらしい。

「手間をとらせたな」

孫八は、春米屋を出た。

――もうすこし、探ってみるか。

源右衛門が政造であろう。その政造が、ふたりの殺し人を雇って彦三の命を狙っているらしいのだが、まだはっきりしたことは分からなかった。

孫八は仕舞屋にもどり、家のまわりにめぐらせた生け垣の陰に身を張り付けた。

七ツ半（午後五時）ごろだろうか。淡い夕陽が生け垣の柘植《つげ》を照らし、長い影で孫八の体をつつんでいる。どこかで、子供の泣き声とあやすような女の声がした。近所の長屋から聞こえてくるらしい。

辺りを暮色がつつみ始めたころ、路地を仕舞屋の方にむかってくる複数の人影が見えた。三人である。

——兵吉だ！

兵吉と、もうひとりの小太りで丸顔の男に見覚えがあった。牢人ふたりに襲われたときいっしょにいた助五郎である。ただ、孫八はまだその男の名が助五郎であることは知らなかった。もうひとり、背のひょろりとした男が粂吉だったが、孫八は粂吉を見るのも初めてだった。

三人は、何かしゃべりながら孫八のひそんでいる生け垣のそばに近付いてきた。

「助五郎、それで、駒造の手下にまちげえねえのかい」

兵吉が丸顔の男に訊いた。

その一言で、孫八はこの男が助五郎であることを知った。

「へい、信次《しんじ》ってえ駒造の手先で」

助五郎が答えた。

「兄い、あっしは駒造が、室田屋のちかくで聞き込んでいるのを見やしたぜ」

背のひょろりとした男が言った。

「粂吉も見たんじゃァ、まちげえねえ。早《はえ》とこ、親分に知らせねえとな」

兵吉が苦々しい顔をした。

このやり取りで、孫八は背のひょろりとした男が粂吉であることも分かった。

三人は、孫八のひそんでいるすぐそばを通り、枝折《しお》り戸を押して仕舞屋の戸口へむかった。

孫八は三人が戸口から仕舞屋のなかに消えるのを見届けると、枝折り戸を音のしないようにあけて、敷地内に侵入した。男たちの話を盗聴しようと思ったのである。

孫八は足音を立てないよう慎重に足を運んだ。政造と兵吉は、むささび一味だった男である。敷地内に侵入する人の気配や物音には敏感なはずだ。

戸口から庭先へとまわり、戸袋のそばの板壁に張り付いて耳をすませた。家のなかから足音と障子をあける音が聞こえてきた。

数人の足音が、孫八のひそんでいるすぐそばの座敷へ近付いてきた。障子のあく音がし、かすかな足音と畳に膝を折る気配がした。

7

男たちのいる座敷は、すぐ近くである。孫八は息をひそめて、聞き耳を立てた。

「親分のお耳に入れてえことがありやして」

兵吉が言った。

「なんでえ」

聞き覚えのない男の声である。重いひびきのある声だった。政造であろうか。

「岡っ引きの駒造が、室田屋を洗っていやす」

兵吉が、助五郎と粂吉のふたりが、探ってきたことを言い添えた。

「それで、駒造は彦三が達吉であることをつかんだのか」

男の声が、すこし大きくなった。声の主は、やはり政造のようだ。彦三が達吉であることを知っている。

「まだ、つかんじゃァいねえでしょう。ですが、達吉の身辺を洗ってやしたから、むささび一味と疑ってることはまちげえねえ」

「厄介《やっかい》だな」

「岡っ引きの目がひかってるんで、島田の旦那もなかなか手が出せねえようですぜ」

話を聞いていた孫八は、政造たちが殺し人の雇い主であることが分かった。孫八は平兵衛から、島田という道場主の父子が、ふたりの殺し人らしいと聞いていたのだ。

「下手に手を出すと、島田の旦那からおれたちのことも手繰られかねねえな」

「親分、しばらく達吉から手を引きますかい」

「それはできねえ。兵吉、やつらが何をしたか忘れたわけじゃァあるめえ」

政造の声に怒気のひびきがくわわった。

「忘れやしませんぜ。だからこそ、やつらひとり残らず始末してえと、躍起になってますんで」

「それならいい。なかでも、達吉だけは勘弁できねえ。何としても、やつを始末するんだ」

「へい」

「島田の旦那には、おれからもう一度話す。……達吉が店から出ねえなら、踏み込んでもいい。黒猿の政の腕を見せてやらァ」

やはり、声の主は政造である。黒猿の政と呼ばれた男である。兵吉とのやりとりから、政造がむささび一味の頭目の片腕だったらしいことが分かった。むささびの源次が死んでから、政造が親分と呼ばれているのであろう。

「ところで、達吉が雇った殺し人たちの動きはどうだ」

声をあらためて、政造が訊いた。

「片桐とかいう若いのは、室田屋にもどったようですぜ」

別の男が答えた。助五郎のようである。

「もうひとりの年寄りは？」

「そっちはあまり出歩かねえようで。ですが、親分、あの爺々《じじ》い、凄腕ですぜ。金で雇った牢人ふたりをアッという間に斬っちまった」

兵吉の声が上ずっている。

「そうらしいな。だが、島田父子にまかせておきゃァいい。島田父子は、ふたりの殺し人も斬るつもりでいるんだ」

「殺し人は、殺し人で始末するってことですかい」

「そういうことだな」

それから、四人の男たちは町方に用心して動くことや達吉を始末したらまた仕事を始めることなどを話していた。かれらの仕事は、盗人のようだった。むささび一味として、ふたたび仕事を始める気らしい。

孫八は、足音を忍ばせてその場から離れた。


翌朝、孫八は相生町の庄助長屋に行ってみたが、平兵衛の姿がなかったので、番場町の妙光寺に足を運んだ。殺しの仕掛けがちかくなると、平兵衛が妙光寺に来て真剣や木刀を振ることを知っていたからである。

思ったとおり、境内に平兵衛の姿があった。真剣を振っている。晩秋の陽射しを反射《はね》て、刀身が生き物のようにひかっている。

孫八は平兵衛と目が合うと、ちいさく頭を下げ、くずれかけた本堂の階《きざはし》に腰をかけた。そこで、平兵衛の素振りの終わるのを待つつもりだった。

だが、待つまでもなかった。平兵衛は、すぐに素振りをやめ、ふところから手ぬぐいを取り出し、首筋の汗をぬぐいながら近付いてきた。

「何かな」

平兵衛が訊いた。

「へい、だいぶ様子が知れましたんで、旦那の耳に入れておこうと思いやして」

「話してくれ」

平兵衛は階のそばに来て、孫八の脇に腰を下ろした。

「旦那が言ってたとおり、ふたりの殺し人は島田父子のようで」

孫八が、盗聴した内容をかいつまんで話した。

「やはり、そうか」

平兵衛の顔が曇《くも》った。胸の底には、島田父子であってくれるな、との思いがあったのである。

「それに、のんびり構えてるわけにはいかねえようですぜ」

孫八は、政造が室田屋に押し入ってでも、彦三を始末すると口にしていたことを話した。

「うむ……」

平兵衛は苦悶の表情を浮かべた。

「どうしやす?」

「兵吉と政造の住処は分かるのだな」

「分かりやす」

「そっちから先に仕掛けるか」

平兵衛の胸には、兵吉と政造を始末すれば、島田父子と立ち合わずに済むかもしれないとの一縷《いちる》の望みがあった。平兵衛は、まだ島田父子と立ち合う覚悟ができていなかったのだ。

8

道場の床は冷え冷えとしていた。掃除の手が入らなくなって何年も経つ。島田と市之助が、ときおり木刀や真剣を振るのでなかほどの床板は黒光りしているが、四隅は白く埃が積もっている。

島田武左衛門は、神棚を前に端座し瞑目していた。三日前、安田平兵衛と道場内で立ち合ったことが、脳裏によみがえった。

——やつの剣は、あれだけではない。

道場内で平兵衛が見せた剣は、動きがにぶく太刀捌きの鋭さにも欠けていた。だが、対《たい》峙《じ》したとき、平兵衛の身辺から心魂を寒からしめるような殺気がただよっていた。

それに、島田は平兵衛が牢人ふたりを斬るのを物陰から見ていた。逆袈裟に構えて一気に敵に駆け寄り、斬り込むのである。体を袈裟に両断するような凄まじい剣だった。

島田は道場で立ち合ったとき、平兵衛がその剣を遣うよう誘いをかけてみたのだが、結局見せなかった。真剣でなければ遣えぬ剣なのかもしれない。

——あの剣は、多くの人を斬って身につけたものであろう。

と、島田は察知していた。

平兵衛の人斬りの剣は、道場内で見せただけのものではないのである。

——だが、わしは負けぬ。

平兵衛がどのような剣を遣おうと、尋常に立ち合えば後れを取るようなことはあるまい、と島田は思った。

そのとき、母屋の方から近付いてくる足音がし、引き戸があいた。島田は目をあけなかったが、足音から市之助だと分かった。

「父上、安田はなかなかの遣い手のようですぞ」

市之助が、島田の脇に端座して言った。

「うむ……」

島田は目をあけた。

市之助が、深川の八幡宮近辺に顔を利かせている徒牢人《いたずらろうにん》から耳にしたのですが、と前置きして、

「深川には、虎の爪なる剣を遣う年寄りの殺し人がいるそうです」

と、言った。八幡宮は富ケ岡八幡宮のことである。

「その年寄りが、安田か」

「そうみた方がよろしいでしょう」

「虎の爪か」

あの剣だ、と島田はすぐに分かった。逆袈裟に構えて一気に牢人に駆け寄り、袈裟に斬り込む剣である。

虎の爪という名は、聞いたことがなかった。むろん、金剛流には、そのような名の刀法はない。おそらく、平兵衛が殺しの実戦のなかで身につけた剣であろう。

「道場では虎の爪を見せなかったのでしょう」

市之助が抑揚のない声で言った。

島田を見つめた市之助の目が、猛虎のようにひかっている。まだ、二十五歳と若いが、何ものをも恐れぬ剛毅な面構えをしていた。それに、人を斬って身につけた残忍さと剽悍さを身辺に漂わせている。

「臆《おく》することはない」

島田は虚空に目をとめたまま言った。

虎の爪が、いかなる剣であろうと、島田は平兵衛に勝てると思った。己の腕に自信があったのである。

「それから、政造がちかいうちに室田屋に踏み込んで、彦三を斬って欲しいと言ってました」

「だが、室田屋には町方の目があるぞ」

「夜更けなら、町方の目を恐れることはないとのことです」

「盗人の腕を見せるということか」

島田は、政造がむささび一味と呼ばれた夜盗であることも、殺すように頼まれた彦三、文治、徳兵衛、義六の四人もむささび一味だったことも知っていた。どういう経緯《いきさつ》があったかまでは聞いていないが、殺しの理由は仲間割れらしかった。

——盗人の方が気が楽だ。

殺しを頼まれたとき、島田はそう思った。理由などどうでもよかった。相手が盗人なら遠慮なく斬れると思ったのだ。

ところが、相手が別の殺し人を依頼したのである。そのなかに、平兵衛がいたのだ。まさか、若いころ同門だった男と斬り合う破目になるとは思わなかった。

島田は、できれば平兵衛を斬りたくなかった。それで、平兵衛を道場に同道し、木刀で仕合ったのである。

――平兵衛も、わしの腕をみたはずだ。

はっきりと差があった。

それに、平兵衛は、己の剣に命をかけている剣客とはちがう。闇に生きる殺し人である。かなわぬとみれば、手を引くと思った。だが、平兵衛は手を引きそうもなかった。

――虎の爪なる必殺剣をもっているからであろう。

と、島田は推測した。

自分が殺し人から身を引かぬかぎり、平兵衛との立ち合いは回避できそうもなかった。

島田は、身を引くつもりはなかった。用心棒や辻斬りなどで、飢えをしのぐ野良犬のような暮らしはたくさんだった。それに、道場を再建する目処《めど》も立ってきたのだ。いまさら、この殺しから手を引くことはできない。

島田は、政造からひとり百両で殺しを受けていた。彦三、文治、徳兵衛、義六の四人にくわえて、政造は平兵衛たち殺し人にも、ひとり百両払うと約束した。すでに、文治、徳兵衛、義六、それに安次郎なる渡世人の殺し人を斬っていた。残るは、彦三と平兵衛、それに右京だけである。

市之助とふたりで三人を斬れば、七百両もの大金が手に入る。そうすれば、道場を建て直し、市之助に継がせて、野良犬のような暮らしからも抜け出せるはずである。

黙したままの島田に、

「父上」

と、市之助が声をかけた。

「何だな」

「片桐右京は、拙者《せっしゃ》に斬らせてください」

市之助が語気を強めて言った。

「勝てるか」

「かならず、斃《たお》します」

市之助の双眸が炯々《けいけい》とひかっている。剣客の顔だった。市之助はひとりの剣客として右京と勝負を決したいのであろう。

「やるがいい」

第五章　怨念

1

孫八は本郷菊坂町の仕舞屋《しもた》の生け垣の陰にいた。政造を見張っていたのである。

平兵衛と妙光寺で話したとき、政造と兵吉をいっしょに始末することになった。理由は、ひとりを斬ると、もうひとりが姿を消すとみたからである。

それで、政造の塒《ねぐら》を見張り、兵吉が姿をあらわしたときに襲うことになった。菊坂町から本所の庄助長屋まで遠いので、平兵衛はちかくの寺の境内で待つことになっていた。

孫八が、この場に身をひそめて一刻（二時間）ほど過ぎていた。政造は家にいるようだったが、兵吉はまだ姿をあらわさない。

八ツ半（午後三時）ごろだろうか。晩秋の陽が、すこし離れた家並の屋根や土蔵の白壁などを淡い蜜柑《みかん》色に染めている。隣家の柿の実が燃えるように赤くかがやいている。風のない、静かな午後である。

そのとき、足音がした。見ると、陽射しのなかにふたつの人影があった。ひとりは町人、もうひとりは偉丈夫の武士である。

――兵吉と市之助だ！

孫八は市之助を見るのは初めてだったが、平兵衛から体軀や風貌を聞いていたので、すぐに分かった。

兵吉と市之助は枝折《しお》り戸をあけ、仕舞屋の戸口からなかに消えた。

孫八は平兵衛に知らせるかどうか迷った。いまここで襲えば、敵は政造、兵吉、市之助の三人ということになる。

――ともかく、知らせよう。

孫八は、すぐに迷いをふっ切った。どうするかは、平兵衛の判断にまかせればいいのである。

生け垣の陰から離れると、孫八は走りだした。平兵衛のいる寺は、中山道沿いにある正《せい》慶寺《けいじ》という古刹《こさつ》だった。仕舞屋からは五町ほどの距離である。

平兵衛は正慶寺の山門の脇にいた。孫八の姿を見ると、すぐに歩を寄せてきた。

「来たか」

平兵衛が訊いた。

「それが、市之助もいっしょなんで」

「なに、市之助が。父親は」

島田と市之助のふたりでは相手にならない、と平兵衛は思った。

「来たのは、市之助と兵吉だけで」

「うむ……」

右京を連れて来ればよかった、と平兵衛は思った。右京は市之助と切っ先を合わせていたし、決着をつけたいとも言っていたのだ。

「ともかく、行ってみよう」

様子によっては、右京を呼びにやってもいい。右京は室田屋にいるはずだった。市之助たちが、仕舞屋に長くとどまるようだったら間に合うだろう。

平兵衛と孫八は仕舞屋のそばまで来ると、生け垣に身を隠した。

「静かだな」

家のなかは、ひっそりして人声はむろんのこと物音ひとつ聞こえなかった。

「あっしが、様子を見てきやす。旦那は、ここにいてくだせえ」

そう言い残すと、孫八は生け垣の陰から離れた。

孫八は足音を忍ばせて枝折り戸から敷地内に入り、戸袋のそばに身を張り付けた。いっとき、聞き耳を立てているようだったが、ふいにその場を離れ、戸口のところへまわって引き戸をあけた。そして、首をつっ込むようにしてなかを覗いていたが、すぐに駆け戻ってきた。

「旦那、だれもいねえんで」

孫八は困惑したような顔をして言った。

「家を出たということだな」

孫八が平兵衛に知らせに行き、ここにもどるまでの間に三人とも家を出たのである。

「どこへ行きゃァがったんだ」

孫八が苛立ったような声を上げ、通りの先に目をやった。

「何か話は聞かなかったか」

「聞きやせん」

「うむ……」

三人そろって、ひさご屋や八津屋に出かけたとも思えなかった。

どこへ行ったのか。平兵衛が若い市之助の剛毅な顔を思い浮かべたとき、脳裏に右京の白晳《はくせき》がよぎった。

「室田屋ではあるまいか」

平兵衛がつぶやくような声で言った。

「押し込んで、彦三を殺るつもりか」

孫八が、ハッとしたような顔をした。

「ちがうな、狙《ねら》いは片桐さんだろう」

室田屋に忍び込むなら、夜になってからであろう。まだ、動くには早過ぎる。狙いは右京だ。右京が市之助と勝負を決したがっているように、市之助もそれを望んでいるのではあるまいか。

「片桐の旦那を襲うつもりか」

孫八が声を大きくした。

「そうみた方がいい」

右京と市之助で立ち合うことになるだろうが、兵吉と政造も助勢するとみなければならない。

——右京があぶない。

と、平兵衛は思った。

平兵衛はきびすを返し、枝折り戸を押して通りへ出た。そして、小走りに中山道の方にむかった。孫八が慌てた様子でついてくる。

——間に合うといいが。

陽は西の空にまわっていた。市之助が右京を呼び出して立ち合うとすれば、夕まぐれであろう。それまでに室田屋へ行き、立ち合いの場所もつかまねばならなかった。

平兵衛と孫八は、中山道を日本橋方面にむかった。小走りである。湯島から神田川沿いの道まで来ると、平兵衛の息が上がってきた。やはり歳である。走るのはこたえる。足腰は動くが、心ノ臓があえいでいた。

「ま、孫八、先に行ってくれ」

平兵衛は荒い息を吐きながら言った。

「旦那、大川端を来てくだせえ」

「わ、分かった」

「それじゃァ先に行きやすぜ」

孫八は、走りだした。

2

そのころ、右京は室田屋の帳場の奥の座敷にいた。中庭に面した四畳半の狭い部屋である。ここが、右京の寝泊まりする座敷だった。

「片桐さま、おられますか」

障子のむこうで女の声がした。おせんという室田屋の通いの女中である。三十がらみで、近くの長屋に亭主と五つになる男児がいると聞いていた。右京が室田屋に寝泊まりするとき、おせんが世話を焼いてくれたのだ。

「入れ」

すぐに、障子があき、おせんが顔をだした。おせんは、上目遣いに右京を見て口元に好色そうな笑いを浮かべた。手に折り畳んだ紙片を持っている。

「はい、これ。旦那も、隅に置けませんねえ」

おせんが、紙片を右京に手渡した。結び文のようである。

「だれからだ」

「だれだか知りませんよ。わたしに渡したのは近所の子供だけど、手紙の主は片桐さんのいい女《ひと》なんでしょう」

おせんは、艶書と思ったようだ。

　おせんは右京のそばに来て、結び文を持った手元を覗くように首を伸ばしたが、右京と目が合うと、他人《ひと》の色恋に首をつっ込むような野暮はしませんよ、と言い残して、座敷から出ていった。

右京は紙片をひらいた。

今夕、六ツ（午後六時）時《どき》、冬木《ふゆき》町、恵林寺《けいりんじ》にて待つ。火急に報《し》らせたき儀あり
安田平兵衛
片桐右京殿

それだけだった。

右京は何か事情があって、平兵衛が来られないのだろうと思った。胸に多少の疑念も湧《わ》いたが、六ツを過ぎれば、室田屋も店仕舞いをするので、外出しても大丈夫だろうと思った。それに、冬木町はちかかった。

暮れ六ツすこし前に、右京は彦三に、安田どのと恵林寺で会うので、しばし店をあける

と言い置いて、表通りへ出た。

まだ、表通りには人通りがあった。西の空は茜色に染まっている。右京は富ヶ岡八幡宮の一ノ鳥居をくぐった。冬木町は八幡宮の裏手になる。

男がひとり、一ノ鳥居の陰に立って右京の後ろ姿を見送っていた。

兵吉である。兵吉は右京の姿が半町ほど離れると、脇の路地へ駆け込んだ。恵林寺で待っている市之助と政造に知らせるためである。


右京が室田屋を出ていっときしてから、孫八が店先に駆け込んできた。

「か、片桐さまへの使いだ。すぐに、会わせてくれ」

店に飛び込むなり、店先にいた手代に声を上げた。

「片桐さまは、先ほど出かけられましたが」

「ど、どこへ」

孫八が声を詰まらせて言った。

「どこへ行かれたか、存じませんが。お、お待ちください」

孫八のただならぬ様子に、何事か起こったと感じた手代はすぐに奥へ引っ込み、彦三を連れてきた。

「孫八さん、どうしました？」

彦三は、孫八とも顔を合わせていた。

「片桐さんの命があぶない、行き先はどこだ」

「安田さまと会うと言われ、恵林寺に出かけましたが」

「冬木町か」

「そうです」

「わ、分かった。彦三さん、おめえさんは、店から出るな」

そう言い置いて、孫八は店から飛び出した。

真っ直ぐ、恵林寺に走るわけにはいかなかった。平兵衛に場所を知らせねばならない。孫八だけで行っても、たいした戦力にはならないだろう。

孫八は来た道を駆けもどった。大川端へ出て、両国方面にしばらく走ると、前方に平兵衛の姿が見えた。前のめりの格好で、肩で息をしながらやってくる。

「だ、旦那、恵林寺だ！」

孫八が近付くなり声を上げた。

「か、片桐さんは、そこか」

「へい」

「さ、先へ行ってくれ。い、息が苦しくて……」

平兵衛が顔をしかめて言った。

「分かりやした」

「な、何とか、わしが行くまで、立ち合いを引き延ばせ」

孫八が、へい、と返事して、駆けだしていった。

平兵衛は仙台堀にかかる上ノ橋を渡ると、左手にまがった。堀沿いの道を行くと、冬木町へ出る。

喘ぎながらも、平兵衛は道を急いだ。先を行く孫八の姿は、海辺橋ちかくまで行くと見えなくなった。恵林寺はすぐちかくである。

そのとき、暮れ六ツの鐘の音が聞こえてきた。平兵衛の胸の高鳴りを助長するような鐘の音だった。

——間に合ってくれ！

平兵衛は胸の内で叫んだ。

3

恵林寺は雑木の疎林のなかにあった。

右京は、恵林寺の山門の前で暮れ六ツの鐘の音を聞いた。

細い参道はすぐに石段に突き当たり、その先に山門がある。辺りは森閑としていた。小さな寺で、境内のまわりを雑木林がつつんでいた。近くに民家はない。

山門の脇に人影があった。顔は見えなかったが、町人体である。男は右京の姿を見ると、境内の方へ駆け込んでいった。

——妙だな。

と、右京は思った。

孫八ではなかったし、極楽屋の者ならその場で右京を迎えて、挨拶《あいさつ》ぐらいするはずである。

そのとき、右京は平兵衛の名を騙《かた》った敵の呼び出しかもしれぬと気付いたが、ゆっくりと石段を上っていった。ここまで来て、逃げる気にはならなかったのである。

石段を上がると山門の先に境内があり、正面の本堂の前に立っている武士の姿が見えた。偉丈夫である。襷で両袖を絞り、袴の股立を取っていた。

──あのときの武士だ！

胸が厚く腰のどっしりとした体軀に見覚えがあった。御舟蔵の裏手で切っ先を合わせた市之助である。

このとき、右京はまだ市之助の名を平兵衛から聞いていなかった。

右京はゆっくりとした足取りで、市之助に近付いていった。

濃い眉、猛禽を思わせるような鋭い双眸。剛毅な面構《つらがま》えである。右京と対峙した市之助には、すこしも臆したところがなかった。

そのとき、山門の脇からふたりの男が走り出て、右京の背後にまわり込んだ。兵吉と政造である。

右京は兵吉の顔に見覚えがあったが、政造は初めて見る顔だった。

──町人だが、あなどれぬ。

と、右京は察知した。ふたりには獲物に迫る野犬のような殺気があった。身のこなしも敏捷《びんしょう》である。おそらく、闇の世界で生きてきた者たちにちがいない。

「三人でかからねば、おれを斬れぬか」

言いながら、右京は左手にまわった。

左手に鐘楼《しょうろう》があり、それを背にして後ろからの攻撃を避けようとしたのである。

「うぬは、おれひとりで斬る」

市之助が右京を見すえて抜刀した。

「この前のようにはいかぬぞ」

右京も抜いた。

それを見た兵吉と政造も、ふところから匕首《あいくち》を抜いた。腰を沈め、匕首を前に突き出すようにして身構えたが、数歩後ろに下がった。右京と市之助の立ち合いの様子を見てから、助太刀する気のようだ。

「まいる！」

「おお」

右京と市之助の間合はおよそ三間（約五・四メートル）。両者は相青眼に構えあった。

ふたりは切っ先を向けあったまま動きをとめた。

市之助の切っ先は、右京の喉元にぴたりとつけられていた。巌《いわお》のようなどっしりとした構えである。全身に気勢が満ち、剣尖に鋭い威圧がある。

対する右京は切っ先を敵の左目につけ、やや両肩を下げてゆったりと構えていた。切っ先が昆虫の触手のようにかすかに上下している。

偉丈夫で、剛毅な面構えの市之助に対し、右京は白皙でほっそりした体軀だった。一見した感じは剛と柔である。

境内は静寂が支配していた。陽は沈み、夕闇が忍んできている。ふたりは淡い夕闇のなかで、塑像のように動かなかった。

そのとき、山門の方で石段を駆け上がってくる足音が聞こえた。孫八である。

「地獄屋のやつだ！」

兵吉が声を上げた。

「殺っちまえ！」

政造が反転して、孫八の方へ走った。兵吉も駆けだした。

孫八は山門を背にして立ちどまり、ふところから匕首を抜いた。

――時を稼ぐんだ。

孫八は、ふたりが相手では敵わないと踏んだ。平兵衛が駆け付けるまで、ふたりを引きつけて時間を稼ぐしか手はない。

「さァ、きやがれ」

孫八は腰を低くして身構えた。

政造が三間ほどに迫ったとき、ふいに孫八はきびすを返し、山門の後ろへ走った。

「逃げるか！」

政造が追ってきた。

孫八は山門の裏手から雑木林のなかに走り込んだ。政造と兵吉が追ってくる。孫八は櫟《くぬぎ》や栗などの幹の間を走り、迂回してふたたび山門の前へもどってきた。

「逃がさねえぞ！」

政造が怒気で顔を赭黒《あかぐろ》く染め、孫八の前に立ちふさがった。

そのとき、政造の肩越しに参道を喘ぎながら駆け寄ってくる平兵衛の姿が見えた。

「遊びは、これまでだ」

孫八は身を低くして身構えた。平兵衛さえ来れば、政造と兵吉を仕留めることができる。

「お、親分、地獄屋の殺し人だ！」

兵吉がひき攣《つ》ったような声を上げた。

振り返った政造の顔がこわばった。一瞬、戸惑うように首を振って孫八と平兵衛に目をむけたが、

「覚えてやがれ」

と、捨て台詞《ゼリフ》を残して雑木林の方へ駆け出した。兵吉も後を追っていく。ふたりは平兵衛を避けて、雑木林のなかを逃げていく。

駆け付けた平兵衛が、ハァハァと荒い息を吐きながら、

「か、片桐さんは」

と、訊いた。

「あそこで」

境内に目をやると、本堂の前で対峙している右京と市之助の姿が見えた。

右京は気を鎮めて、市之助の斬撃の起こりをとらえようとしていた。山門の前に孫八が姿を見せ、政造と兵吉がそちらに走ったことは知っていた。ただ、平兵衛が駆け付けたことまでは知らない。

市之助が趾《あしゆび》を這わせるようにして、すこしずつ間合をつめてきた。切っ先がぴたりと右京の喉元に付けられている。そのまま喉を突いてくるような迫力があった。

右京は動かなかった。ふたりの間合がしだいに狭まってくる。痺《しび》れるような剣の磁場がふたりをつつんでいた。

一足一刀の間境《まさかい》の手前で、市之助が寄り身をとめた。全身に気勢が満ち、剣尖《けんせん》には鋭い

威圧がこもっている。右京は巨岩で押し潰されるような迫力を感じた。凄《すさ》まじい気攻《きぜ》めである。

右京も全身に気魄を込めて、市之助の威圧に耐えた。

ふたりの動きがとまり、剣気だけが静寂のなかでぶつかり合っていた。

時のとまったような静寂が支配している。

数瞬が過ぎた。そのとき、片桐！　という声がし、駆け寄ってくる足音がした。平兵衛である。

と、対峙したふたりの間に稲妻のような剣気が疾《はし》り、剣の磁場が裂けた。

イヤァッ！

タア！

ふたりの裂帛の気合が静寂をつんざき、ほぼ同時に体《たい》が躍動した。

市之助の切っ先が青眼から面へ。電光のような斬撃である。

すかさず、右京が体をひらきながら右籠手へ斬り込む。ふたりの動きは、御舟蔵の裏手で立ち合ったときとほぼ同じである。

右京の左肩口の着物が裂け、市之助の右手の甲に細い血の線がはしった。だが、両者ともかすり傷である。

間髪を入れず、ふたりが二の太刀をふるった。

右京が刀身を返しざま横に払い、市之助が体をひねって逆袈裟に斬り上げた。両者の一瞬の流れるような体捌きである。

次の瞬間、市之助の右腕がだらりと下がり、二の腕から血が噴《ふ》いた。右京の切っ先が皮だけ残して右腕を切断したのである。

一方、右京の右肩先からも血が飛び散った。市之助の切っ先が、皮肉を削いだのだ。

勝負は紙一重だった。横に払った斬撃と逆袈裟に斬り上げた斬撃の切っ先の伸びの差だけである。

右手を失った市之助は、刀をふるうことができない。

市之助は、左手で刀を持ったままその場につっ立った。傷口から血が噴き出し、だらりと下がった右腕が真っ赤に染まっている。

市之助は目をつり上げ、鬼のような形相《ぎょうそう》で右京を睨み、

「うぬには、斬られぬ。見るがよい」

と、声を上げ、左手でつかんだ刀を首筋に当てて、引き斬った。

シャッ、という音がし、噴出した血が顎《あご》に当たって跳ねた。迸《ほとばし》り出た血が首筋に当てた刀身や顎に跳ね返り、顔や胸を赤く染めていく。

市之助は血達磨になった凄まじい形相で、血を撒きながらつっ立っていたが、ぐらっと体が揺れ、朽ちた巨木のように倒れた。

右京は血刀をひっ提げたまま凄気のこもった目で虚空を見つめていた。口元からはずむような吐息が洩れていたが、冷ややかな表情のままである。

「片桐の旦那！」

孫八が声を上げて駆け寄り、平兵衛もそばに走り寄った。

「大事ないか」

平兵衛が訊いた。

「かすり傷です」

右京の右肩から血が流れていたが、皮肉を裂かれただけのようだ。

「島田市之助だよ」

平兵衛は、血まみれになってつっ伏している市之助に目をやって言った。その顔には複雑な表情があった。平兵衛の胸にあったのは、右京が助かった安堵と後に残された島田武左衛門と立ち合わねばならぬ困惑である。

4

払暁《ふつぎょう》前だった。平兵衛、孫八、右京の三人は、大川端を歩いていた。

大川の水面が、淡い銀色にひかっている。頭上の星明かりを映しているのだ。道筋の町家も対岸の日本橋の家並も、まだ夜明け前の夜陰のなかに沈んでいた。ただ、かすかに東の空が明らんでいる。

大川端の通りには人影がなく、汀《みぎわ》に寄せる川波の音だけが聞こえていた。

「片桐さん、肩は痛むか」

平兵衛が訊いた。

「いえ、痛みはありません」

右京は照れたような顔をして言った。

右京の右肩にはさらしが巻かれていた。恵林寺から室田屋にもどって手当てをしたのである。さらしに薄く血が染みていたが、それほどの出血はないようだ。

「政造はいますかね」

今度は右京が訊いた。

三人はこれから菊坂町に出向き、政造と兵吉を斬るつもりでいた。

恵林寺で、右京が市之助を斃《たお》した後、

「今夜中にも、政造と兵吉を斬ろう」

と、平兵衛が言い出した。

平兵衛は、市之助が斬られたことで、政造と兵吉がそれぞれの塒から姿を消すのではないかと思ったのである。

右京と孫八はすぐに同意し、

「まず、あっしが兵吉の様子を見てきやしょう」

孫八がそう言って、室田屋へは行かず、伊勢町の借家と菊坂町の仕舞屋をまわり、ふたりの所在を夜のうちに探ってきたのだ。

「菊坂町の家に、政造の他に三人いますぜ」

と、孫八は平兵衛と右京に知らせた。

「兵吉と政造の手先ではないかな」

平兵衛は、政造が手先を集めて、姿を消す算段でもしているのではないかと思った。

「いい機会です。一気に始末しましょう」

右京が言った。

「肩の傷は大丈夫か」

平兵衛が驚いたように訊くと、

「かすり傷です。それに、四人いるとなると、安田さんと孫八だけでは、逃げられるかもしれませんよ」

「まァ、そうだが」

こちらが斃される恐れはないが、ふたりで四人始末するのはむずかしい。政造たちが立ち向かってくれば別だが、逃げ出せば、まずふたりは取り逃がす。

「わたしも、ひとり斬りますよ」

右京は涼しい顔で言った。

それで、三人で菊坂町へ出向くことになったのである。

三人は両国橋を西の広小路へ出た。日中は大変な人出なのだが、いまは人影もなく、ひっそりと静まっていた。夜陰のなかに、芝居小屋や床店などが折り重なるようにつづいている。

広小路から神田川沿いの通りへ出たとき、

「旦那、そろそろやりますかい」

と言って、孫八がぶら提げてきた貧乏徳利を持ち上げた。

平兵衛は殺しにかかるとき、気の昂《たかぶ》りと真剣勝負の怯《おび》えとで体が顫《ふる》え出すのだ。特に手がひどい。相手によっては、刀が握れないほど顫えることがある。

そんなとき、平兵衛は酒を飲む。酒が体内にまわると闘気がみなぎり、怯えや恐怖を払拭《ふっしょく》してくれるのだ。そのことを知っている孫八は、平兵衛が殺しに臨むとき、酒を用意してくれる。

「手を見てみろ」

平兵衛は右手を孫八の前でひらいて見せた。

顫えはなかった。おそらく、相手が政造たち町人であり、武器も匕首だけであることから後れを取るようなことはない、と体が知っているのである。

「安田さんの体が顫え出すと、鬼の首も落ちますからね」

右京が微笑して言った。

「臆病なだけだ」

三人は神田川沿いの道を本郷にむかった。

湯島の聖堂の裏手まで来ると、辺りがだいぶ明らんできた。街道沿いの家並が輪郭をあらわし、町が色彩をとりもどし始める。どこかで、一番鶏の啼《な》き声が聞こえた。

「安田の旦那、あっしに兵吉を殺らせてくだせえ」

歩きながら孫八が言った。

「殺れるか」

「へい、あっしも殺し料をいただいてますんでね。ひとりは、この手で始末してえ」

孫八が低い声で言った。殺し人らしい鋭い目をしている。

「ならば、頼む」

「ありがてえ。……ところで旦那、酒はどうします」

孫八が、また貧乏徳利を持ち上げた。飲まないなら置いていくつもりのようだ。

「せっかくだから、もらおう」

平兵衛の手がかすかに顫え出していた。政造たちのいる仕舞屋が近付いたせいであろう。

「存分に、やってくだせえ」

孫八が、すぐに貧乏徳利を手渡した。

平兵衛は歩きながら栓を抜き、一気に二合ほど飲み、一息ついた。さらに、徳利をかたむけ、二合ほど飲んだ。

酒が老いた体にひろがっていく。ちょうど、乾いた大地に慈雨が染み込むように体に染み渡り、萎《しお》れた樹木が生き返るように生気がよみがえってくる。怯えや迷いが消え、自信と覇気が体にみなぎってきた。

「酒が利いてきたようだ」

平兵衛は歩きながら右手をかざしてみた。顫えがとまっている。

「これで、鬼が出ても怖かァねえ」

孫八が剽《ひょう》げた口調で言った。

三人は寺のつづく路地を抜け、町家の多い通りへ出た。

「片桐の旦那、あれで」

狭い路地の突き当たりにある仕舞屋を、孫八が指差した。右京は初めて、ここに来たのである。

「静かだな」

辺りはひっそりしていた。家のなかから話し声も物音も聞こえてこなかった。

「寝てるんでしょうよ。あっしが、様子を見てきやす」

そう言い残して、孫八は枝折り戸を押して敷地内に入っていった。

待つまでもなく、孫八はすぐにもどってくると、

「いやす。ごそごそと物音がしやした」

と、声をひそめて言った。

「よし、やろう」

平兵衛が言った。

5

右京と孫八が戸口へ行き、平兵衛は庭へまわった。家のなかへ踏み込まず、出てくるのを待って斬ることにしたのだ。狭い部屋のなかでは十分に刀がふるえず、匕首に後れをとるかもしれない。それに、家のなかでは勝手知った政造たちの方が有利なのだ。

孫八が引き戸をあけた。心張り棒はかってなかったようだ。

「政造！　出てこい」

孫八が声を上げた。

すぐに、家のなかの話し声や物音がやんだ。静寂が辺りをつつむ。政造たちは、外の気配をうかがっているようだ。

「来なければ、踏み込む」

そう言って、右京が土間へ入った。すぐに、家のなかで障子を蹴倒すような音が聞こえた。右京がちかくの座敷に踏み込んだようだ。

出ろ！　表へ出ろ！　というけたたましい声が聞こえ、障子をあける音、廊下を走る音などがひびいた。

　右京と孫八が戸口から飛び出してきた。つづいて、町人体《てい》の男がふたり姿を見せた。兵吉ともうひとりは、助五郎だった。

　つづいて、庭に面した引き戸があいた。顔を出したのは、政造と粂吉である。平兵衛が粂吉と会うのは初めてだった。

「老いぼれ、てめえ、地獄屋の殺し人だな」

　縁側に立ち平兵衛を見下ろした政造の顔に、ふてぶてしい嗤《わら》いが浮いていた。ふたりがかりなら、斃せると踏んだのかもしれない。

「ただの老いぼれだよ。……おまえが、政造で、そっちの男は」

「粂吉だよ」

　粂吉が目をひからせて言った。顔をこわばらせていたが、怯えの色はなかった。

「政造、刀を抜く前に訊きたいことがある」

「なんでえ」

「なぜ、彦三や義六の命を狙ったのだ」

　平兵衛はずっと腑に落ちないでいた。仲間割れかもしれぬが、六年も経ってから殺し人まで雇って命を狙うからには、それなりの理由があるはずだと思ったのだ。

「爺《じい》さん、冥途に行ったら話してやるぜ」

言いざま、政造はふところから匕首を抜き、庭へ飛び下りた。粂吉もつづき、平兵衛の後ろへまわった。

「やるか」

平兵衛は、愛刀、来国光一尺九寸を抜いた。

萎れた年寄りの顔に覇気がみなぎった。双眸が底びかりし、顔が紅潮して赭黒く染まった。まさに、鬼のような顔である。

一方、戸口では右京が助五郎に切っ先をむけ、孫八が兵吉と対峙していた。

孫八と兵吉は腰をかがめ、顎《あご》を前に突き出すようにして匕首を構え合っていた。ふたりの目が血走り、匕首が胸元で牙《きば》のようにひかっている。獰猛な野犬が、睨み合っているようである。

「兵吉、てめえの命は孫八がもらったぜ」

「返り討ちにしてやらァ」

ふたりは、ジリジリと間合をつめていく。

「やろう!」

声を上げざま、兵吉が飛び付くように匕首を突き出した。

咄嗟に、孫八は脇へ跳びながら匕首を払った。一瞬の攻撃である。孫八の脇腹の着物が裂け、兵吉の頬の肉が削げて血が飛んだ。

次の瞬間、ふたりは獣のように跳び交い、間を取って匕首を構え合った。

兵吉の左の頬が、赤い布を貼ったように真っ赤に染まっている。

「ちくしょう! 生かしちゃァおかねえ」

兵吉は目をつり上げ、歯を剝《む》き、狂ったような形相《ぎょうそう》で迫ってきた。

「死ね!」

絶叫とともに、兵吉が匕首を突いてきた。体ごとぶち当たるような刺撃である。

一瞬、孫八は横に跳んで兵吉の匕首をかわし、突き出した右腕を左手でかかえて兵吉の脇腹に匕首を突き刺した。

ふたりは体を密着させたまま動きをとめた。兵吉が顎を突き出し、喉のつまったような呻き声を上げている。兵吉の顔面から滴《したた》り落ちた血が、孫八の肩先を赤く染めている。

孫八が肩先で兵吉の体をつき飛ばすと、兵吉はよろめき脇腹を押さえたままがっくりと膝を折った。

兵吉は腹を押さえ、地べたを這って逃れようとした。

「あの世に送ってやるぜ」

孫八が、兵吉の首を後ろから掻き切った。

兵吉の首根から血飛沫が噴き、前につっ伏すように倒れた。兵吉は血海のなかで四肢を痙攣させていたが、すぐに動かなくなった。

孫八は右京に目をやった。

ちょうど、右京が助五郎に斬り込むところだった。

正面から唐竹割りに斬り下ろした右京の一撃は、助五郎の頭から顎まで縦に顔を割った。

頭頂から血と脳漿《のうしょう》が飛び散り、助五郎は腰からくずれるように倒れた。悲鳴も呻き声も聞こえなかった。即死である。

倒れた助五郎の頭部から、血の流れ落ちる音が聞こえた。

右京の目がひかり、白皙が朱を掃いたように染まっている。いっとき、右京は血刀をひっ提げてつっ立っていたが、ひとつ溜め息をつき、倒れている助五郎の袖口で血濡れた刀身を拭った。そして、立ち上がると、静かに納刀した。

白皙を沙幕がおおうように、右京の面貌《おもて》を憂いの翳《かげ》がつつんでいる。

平兵衛は青眼に構えた。必殺剣である虎の爪の構えではない。虎の爪を遣うまでもないと思ったのである。

平兵衛はすこしずつ政造との間合をつめていった。それに合わせるように、背後の粂吉も間合をつめてくる。

政造の顔がこわばっていた。平兵衛のゆったりとした構えに、威圧を感じたようだ。それでも、臆した様子はなかった。血走った目で平兵衛を睨み、匕首で突き刺す隙を狙っている。

6

「粂！　やれ」

ふいに、政造が声を上げた。

と、粂吉が踏み込み、匕首で突いてきた。

すかさず、平兵衛は反転しざま刀身を返し、掬《すく》うように斬り上げた。

骨肉を断つにぶい音がし、血を曳いて粂吉の匕首を握った片腕が虚空に飛んだ。

ギャッ！　という絶叫を上げ、粂吉は前に泳いだ。切断された腕から筧《かけひ》の水のように血が流れ落ちている。

粂吉は血を流しながら、ふらふらと枝折り戸の方へ歩いた。この場から逃げるつもりらしい。

平兵衛が反転して刀をふるった一瞬を狙って、政造が匕首を構えて体ごとぶち当たってきた。

だが、平兵衛は政造の仕掛けを読んでいた。素早い体捌きで反転し、政造の刺撃をかわしざま刀身を横に払った。

ドスッ、とにぶい音がし、政造の上半身が前にかしいだ。政造は喉のつまったような呻き声を洩らし、たたらを踏むように泳いだ。三間ほど先でつっ立ち、ガクリと地べたに両膝をついた。腹部を押さえた左手が赤く染まっている。

「こ、殺せ！」

政造がひき攣《つ》ったような声を上げた。

「すぐには死なぬ」

腹を割かれても、絶命するまでにはかなりの間があるはずだ。

「……」

「冥途へ行くまでに話せ。なにゆえ、彦三や義六の命を狙った。やつらはむささびの仲間だったはずだ」

「し、知るか」

「金か」

「金じゃァねえ。や、やつら、源次親分を騙《だま》し討ちにし、集めた金を奪って逃げたのだ。……どうしても生かしちゃァおけねえんだよ」

政造は、憤怒に顔を赭黒く染めて吐き捨てるように言った。

「彦三たち四人がか」

殺し人が狙ったのは、彦三、文治、徳兵衛、義六の四人だった。

「そうだ。達のやろうが、三人をそそのかしてやったのよ」

達というのは達吉で、彦三の元の名前だった。

どうやら、彦三が四人の頭格だったようだ。彦三たち四人が親分である源次を殺し、むささび一味が盗み溜めた金を奪って逃げたらしい。

「奪った金は、どれほどだ」

「す、数千両……」

政造が喘ぎながら話したことによると、源次は、下手に使うと足がつくのでほとぼりが冷めるまで、盗んだ金を子分たちに分けなかったという。三年ほどの間に、十軒ほどの大店に押し入り、数千両を集めたそうである。

彦三たちはその金に目がくらみ、ある日、政造たちのいない留守に親分を殺し金を奪って逃げたのだという。

「大金だな」

彦三たち四人は、その金で店を買って米屋や銅物商などを始めたようだ。殺し人を雇ったのもその金であろう。

「ち、ちくしょう。達のやろうだけは殺したかったぜ」

政造は目を剝き、顔をゆがめて切歯した。よほどくやしいのだろう。

「うむ……」

平兵衛はあまりいい気はしなかった。自分たちの殺し料は、盗人たちが親分を騙し討ちして奪った金なのだ。もっとも、殺し料に綺麗な金も汚い金もない。殺し人は黙って依頼された相手を斬ればいいのである。

「お、おい、殺し人。……達吉を斬ってくれ。金はおれたちのふところにあるのを使え」

政造が声を震わせて言った。顔が土気色をし、肩先が小刻みに顫えていた。腹を押さえた指の間から臓腑が覗いている。着物の腹から下がどっぷりと血を吸って、赭黒く染まっていた。

「わしが、斬らずとも島田が斬る。あの男はわしより強い」

それに、岡っ引きの駒造が身辺を洗っていた。島田が彦三を斬らなかったとしても、彦三の命は長くないはずである。

「そ、そうだったな。……島田の旦那が、おめえも斬ってくれるだろうよ」

政造は嗤《わら》ったようだったが、顔がゆがんだだけである。体の顫えが激しくなり、喘ぎ声が洩れている。

「楽にしてやろう」

平兵衛が、来国光を一閃させた。

骨音がし、ガクッと政造の首が前にかしいだ。首根から血が噴き出し、政造はそのまま前につっ伏した。首根から噴出した血がしゅるしゅると地面を穿《うが》つ音がしたが、すぐに滴り落ちる音に変わった。

「旦那、こっちも片が付きやしたぜ」

孫八が駆け寄ってきた。返り血を浴びてどす黒く染まった顔が、狸《たぬき》のようだった。

戸口の方を見ると、ふたりの男が倒れていた。兵吉と助五郎のようだ。もうひとり、枝折り戸のそばにも倒れていた。平兵衛の手から逃れた粂吉らしい。背中を袈裟に斬られている。右京の手にかかったようだ。

「こいつら、どうします？」

近寄ってきた右京が、転がっている死体に目をやってから訊いた。

「そうだな。仲間割れとでも、思わせるか」

町方の探索を受けたくなかった。

三人は、それぞれの死体を家のなかに運び、手に匕首や家のなかにあった長脇差などを持たせて、仲間同士で斬り合ったように偽装した。むろん、外の血痕などは土をかけて消しておいた。

「それにしても、町方は不審をいだくでしょうね」

右京が言った。

「不審をいだいても、政造たちがむささび一味だと分かれば、仲間割れと思うさ。盗んだ金を奪い合ってのな」

平兵衛はそう言って、枝折り戸を押して通りへ出た。

すっかり夜は明けていた。家並の上に顔を出した朝日が、町筋を黄金色に染めている。

どこからか、朝の早い豆腐売りの声が聞こえてきた。

7

島田武左衛門は、道場の床に端座し瞑目していた。

――この歳になって、わしひとりになってしまった。

島田は胸の内でつぶやいた。

一昨日、島田は冬木町の恵林寺に出かけ、市之助の死体を目にした。

その前夜、島田は市之助が家にもどらなかったので、夜が明けるとすぐに室田屋に行ってみた。店先を通りながら、店先で客に応対していた奉公人が、恵林寺で若侍が斬り殺されている、と話していたのを耳にした。それで、すぐに恵林寺へ行ってみたのだ。

境内に、人垣ができていた。八丁堀同心と数人の手先、住職らしい僧侶、それに近所から集まった野次馬である。

島田は野次馬の肩越しに、町方の足元に横たわっている死骸に目をやった。

――市之助だ！

島田は胸の内で叫んだ。

市之助は左手で刀を握り、伏臥していた。右腕が斬られていた。首のまわりの地面にどす黒い血溜まりができている。

「こりゃァ、てめえで首を掻っ斬ったんだぜ」

そう言ったのは、定廻り同心の佐倉だった。

「旦那、右腕は？」

脇にいた駒造が訊いた。

「斬られたんだな。つまりな、ここでだれかと立ち合い、右腕を斬られたんだ。それで、てめえで首筋を斬って自害したのさ。……首の傷は、自分で引き斬ったような傷だし、左手で刀を持ってるじゃァねえか。それに、この扮装《いでたち》を見ろ。立ち合いの格好だ」

「ちげえねえ」

駒造がうなずいた。

死体を見た島田も、同心の言うとおりだと思った。市之助は立ち合いに敗れ、自ら命を断ったのである。

島田には、市之助が立ち合った相手も分かっていた。地獄屋の殺し人、片桐右京である。市之助は、右京だけは自分の手で斬りたいと言って、出かけていったのだ。

島田は人垣の後ろから市之助に掌を合わせた。自分が父親だと名乗り、市之助を引き取るつもりはなかった。町方に詮索され、自分たち父子が殺し人だと知られたくなかったのである。それに、立ち合いに敗れれば、死骸は野に捨て置かれ朽ち果てるのが剣客や殺し人の宿命だった。

島田はそのままきびすを返した。そして、いったん道場にもどり、陽の沈むころになって菊坂町へ出かけた。政造から市之助の立ち合いの様子を訊いてみようと思ったのである。

政造の住む仕舞屋のちかくまで来て、島田の足がとまった。枝折り戸や戸口のまわりに人だかりができていたのだ。

島田は枝折り戸のそばに立っていた近所の女房らしい年増に、

「大勢人が集まっているが、何事かな」

と、通りすがりの者を装って訊いてみた。

「お侍さま、家のなかで人が殺されてるそうですよ」

女が目を剝いて言った。

「家の者か」

「そ、それが、男が四人も。親分さんが、盗人の仲間割れらしいって言ってましたけど」

「そうか」

島田はそれだけ聞いて、その場を離れた。それ以上、訊くことはなかった。平兵衛たち殺し人が、政造たち四人を斬ったのである。

——安田、手際がいいな。

夕暮れの町筋を歩きながら、島田はつぶやいた。

市之助を斬った後、すぐに政造たちの集まっている仕舞屋を襲って四人を始末したのであろう。敏速で果敢な仕掛けだった。

道場にもどった島田は、すぐに袴の股立をとり、襷で両袖を絞って木刀を振りだした。胸の内に衝き上げてくるものがあった。屈辱、無念、寂寞、悲哀……。さまざまな感情が渦を巻き、胸に衝き上げてくる。島田は木刀を振ることで、その感情を抑えようとしたのだ。

島田は懸命に振りつづけた。島田にとって、木刀を振ることだけが支えになった。すべてを失ったいま、残っているのは己の剣だけだったのである。

島田は半刻（一時間）ほど、振りつづけた。体が熱くなり、頬や首筋を汗がつたうようになると、心の鬱積もいくぶん軽くなったような気がした。

島田は木刀を下ろした。そして、手ぬぐいで汗を拭くと、道場の床に端座して目をとじた。

市之助が道場を出てからの一部始終を思い出した後、

——さて、どうしたものか。

と、島田は己の胸に問いかけた。

殺しの依頼人である政造が死んだいま、彦三を殺す必要もなくなった。それに、約定を果たしても、残りの半金をもらうことはできない。

——だが、このままというわけにはいかぬな。

島田は殺し人としての意地を通したかった。ここで、手を引くことは逃げることと同じだった。安田や片桐に、逃げたと思われたくなかった。

——まず、彦三を斬ろう。

と、島田は思った。

当然、彦三だけではない。その先には、安田と片桐がいる。ふたりを斬ってこそ、殺し人の意地が通せるのである。それに、剣客としての意地もあった。とくに、安田を斬らねば、いままで剣に生きてきた己の生涯がすべて否定されるような気がした。

島田は目をあけた。安田と片桐を斬ると肚《はら》をかためると、体に覇気がもどってきた。熱い血がめぐり始めたような気がした。

——すべてを失ったが、まだ剣が残っている。

島田は胸の内でつぶやいた。

双眸が、鋭くひかっている。闘気が体に満ちてきたのである。

第六章　刹鬼《せっき》

1

富ケ岡八幡宮一ノ鳥居の脇に、深編笠の武士がひとり立っていた。着古した小紋の袷《あわせ》によれよれの袴。一見して牢人と分かる風体である。

島田武左衛門だった。島田は夕暮れどきのいっとき、この場所へ来て室田屋の店先に目をやっていた。八幡宮の参道でもある表通りは、参詣客や岡場所への遊客などで賑わい、島田に目をくれる者はいなかった。それに、島田は町方に不審をいだかれぬよう、せいぜい小半刻（三十分）ほどしか立っていなかった。

市之助が斬殺されて十日経っていた。島田は室田屋を見張り、彦三が外出するのを待っていたのである。

彦三は、殺しの依頼人である政造が殺されたことを耳にしたはずである。まだ、島田がいることは知っていようが、日が経てば殺しを諦《あきら》めたと思い、すこしは警戒を解くだろう。それに、いつまでも店内に引きこもっているわけにもいかないはずだ。

——そのうち、外出する。

と、島田はみていた。

晩秋の冷たい風が、通りを吹き抜けていた。行き交う人々は、背を丸め首をすくめて足早に通り過ぎていく。

島田がこの場所に立って小半刻経つが、まだ彦三は姿を見せなかった。

——今日も駄目か。

島田は、諦めて歩きだした。島田は町方の目にとまるのを恐れていた。駒造という岡っ引きとその手先が、彦三を嗅ぎまわっていることを知っていたのだ。岡っ引きの目にとまり、嫌疑を受けたくなかったのである。

島田は通行人に混じって室田屋の店先を通り過ぎ、大川端へ出た。このまま本郷にある道場へもどるつもりだった。

翌日も、陽が沈むころ、島田は一ノ鳥居のそばに来た。

島田が、その場に立ってすぐだった。室田屋の店先から、ふたりの町人が出てきた。店の主人らしい小太りの男と背のひょろりとした手代ふうの男である。

——やっと、出てきた！

遠方で顔は見えなかったが、島田は彦三だと確信した。

彦三と供《とも》の奉公人は、大川の方へむかって歩いていく。島田は鳥居のそばから離れ、ふたりの跡を尾けながら、通りの前後に目をやった。他に尾行者がいないか確認したのである。町方の手先が尾けていれば、殺しを仕掛けられないからである。

尾行者らしい人影はなかった。もっとも、ちかごろ町方も彦三を尾けまわすようなことはしていなかった。

彦三は大川端へ出た。両国方面へ足早にむかっていく。

——先まわりするか。

島田は永代橋のたもとを過ぎたところで、脇道へ入って走りだした。

永代橋を過ぎれば、行き先はしぼれる。日本橋方面ではなく、本所か両国あたりのはずである。本所方面なら、途中御舟蔵の裏手に寂しい通りがある。島田は、そこで待ち伏せしようと思ったのである。

島田は脇道をたどって御舟蔵の裏手に出た。陽は沈み、茜色の残照が西の空を染めていた。御舟蔵の裏手の通りは薄墨《うすずみ》を掃《は》いたような闇につつまれている。通りにちらほら人影があった。迫り来る夕闇に急かされるように、急ぎ足で通り過ぎていく。

島田は武家屋敷の築地塀の陰に身を隠して、彦三が来るのを待った。

すぐに、それらしい男が通りの先に見えた。手代らしき男が先に立ち、足早にこっちへ歩いてくる。

島田はふところから黒布を出し、頰っかむりして顔を隠した。通行人に顔を見られたくなかったのである。

彦三たちが五間ほどに迫ったとき、島田は塀の陰から飛びだした。走りざま鯉口を切り、一気に間をつめた。

一瞬、ふたりは驚愕に目を剝いて立ちどまったが、

「つ、辻斬りだ！」

と悲鳴を上げて、奉公人が逃げだした。

近くを通りかかった職人らしい男も、慌てて駆けだした。

島田は奉公人も斬るつもりだったが、逃げだしたので後を追わなかった。狙いは、彦三だけである。

彦三は後じさりながら、

「こ、殺し人か」

顔をこわばらせて訊いた。

「そうだ」

すでに、島田は彦三が反転して逃げられない間合に迫っていた。

「政造は死んだはずだぜ」

彦三は盗人らしい物言いをした。顔はこわばっていたが、その目には相手の心底を探るようなひかりがあった。

「おまえを殺す約定は、残っている」

島田は刀の柄に手をかけ、さらに間合をつめた。

「ま、待て、金は出す。……死んだ者との約束など、守ることはねえ」

彦三は、ふところから財布を取り出した。

「そうはいかぬ」

島田が抜刀した。

「ちくしょう!」

叫びざま、彦三が手にした財布を島田の顔面を狙って投げつけた。

咄嗟に、島田は右手で財布を払った。島田の足がとまった一瞬、彦三が反転して逃げようとした。

「逃さぬ!」

島田が追いすがり、彦三の肩口へ斬りつけた。

彦三がのけ反り、肩口から袈裟に肉が裂け、血が噴いた。彦三は絶叫を上げ、たたらを踏むように路傍へ泳いだ。

島田はさらに背後に迫り、彦三の首根に斬りつけた。

骨音とともに彦三の首がかしぎ、血飛沫が飛び散った。彦三は血を噴出させながら、よろよろと歩き、路傍まで行ってつんのめるように前に倒れた。

つっ伏した彦三はもそもそと四肢を動かしていたが、すぐに動かなくなった。絶命したらしい。

島田は彦三の羽織の裾で血刀を拭って納刀し、

――次は、安田の番だな。

とつぶやいて、ゆっくりと歩きだした。

夕闇を見つめた島田の双眸が、死人のように冷たくひかっている。

2

曇天だった。厚い雲が上空をおおっている。妙光寺の境内をかこった杉や樫の葉叢《はむら》が、冷たい風にザワザワと揺れている。人気のない境内は、閑寂としていた。

平兵衛は朽ちかけた本堂の前で真剣を振っていた。

平兵衛たちが政造の塒を襲い、政造以下四人を斬って十二日経っていた。島田が御舟蔵の裏手で、彦三を斬った翌日である。

平兵衛は、島田が自分や右京を狙っていて、ちかいうちに挑んでくることを承知していたが、

――このままでは、島田に勝てぬ。

との思いが、平兵衛にはあった。

それで、連日ここに来て、真剣を振っていたのだ。老いた体を鍛えなおして、腕を上げようというのではない。必殺剣である虎の爪の冴えと勘を取り戻そうとしたのだ。

平兵衛は刀身を左肩に担ぐように逆八相に構え、島田の構えを脳裏に描くと、そのまま一気に身を寄せた。

すると、島田は身を引かず面に斬り込んできた。平兵衛はその刀身をはじきざま、袈裟に斬り下ろした。

――斬れぬ。

と、平兵衛は感じた。

島田の斬撃が鋭く、その刀身をはじくのがやっとで、袈裟斬りの太刀が遅れ、島田にか

わされてしまうのだ。

――もっと鋭くはじかねばだめだ。

島田の斬撃をはじいたとき、島田の体勢がくずれれば、袈裟斬りの太刀をみまうことができるはずである。

平兵衛はもう一度、逆八相に構え、脳裏に描いた島田と対峙して虎の爪をふるった。

――まだだ。

一瞬、平兵衛の袈裟斬りの太刀が遅れていた。

ふたたび、平兵衛は逆八相に構えて身を寄せていく。

平兵衛はくりかえしくりかえし、脳裏に描いた島田に対して斬り込んだ。

息が上がり、腰がふらついてきた。老体が軋み、心ノ臓がふいごのようにあえいでいる。

そのとき、山門の方で足音がした。刀を下ろし、見ると、孫八が貧乏徳利をぶら提《さ》げてやってくる。

「旦那、やっぱり、ここで」

孫八は、そばに来て相好をくずした。孫八は、平兵衛が殺しを仕掛ける前にここに来て、木刀や真剣を振ることを知っているのだ。

「すこし休んで、喉《のど》を湿《しめ》しちゃァどうです」

孫八が貧乏徳利を顔の前にかざした。

「そ、そうしよう……」

ありがたかった。喉もからからだったのである。

平兵衛と孫八は本堂の階に腰を下ろし、孫八が用意した湯飲みに酒をついで喉をうるおした後、

「ところで、何かあったのか」

と、平兵衛が訊いた。孫八は、平兵衛に何か伝えるためにここに来たはずである。

「へい、昨日の夕方、彦三が大川端で殺られたそうで」

孫八が小声で言った。

「そうか」

殺ったのは、島田だろうと平兵衛は思った。ちかいうちに、島田は彦三を斬るだろうとの思いが、平兵衛にはあったのである。

「駒造が下手人を洗ってるらしいですぜ。……殺ったのは、義六殺しと同じやつだと睨《にら》んでるようです」

「そう読むだろうな」

だが、下手人である島田はつかまらないだろう、と平兵衛は思った。島田は探索の手が身辺に迫る前に、平兵衛や右京に立ち合いを挑み、勝てば江戸から姿を消すのではないだろうか。

「旦那、こうなったら、この件から手を引いちゃァどうです。両方の依頼人がいなくなっちまったんだ。残った殺し人同士でやりあっても、何の得にもならねえ」

そう言って、孫八が覗《のぞ》くような目をして平兵衛の顔を見た。

孫八は、平兵衛がここに来て真剣を振っているのは、島田との立ち合いにそなえるためだと知っていた。

「わしが手を引いても、島田は引かぬ」

島田は殺し人としてではなく、ひとりの剣客として勝負を挑んでくる、とみていた。島田はすべてを失っている。生きる支えは、己の剣だけであろう。その支えを守るためにも、平兵衛や右京との立ち合いは回避できないはずである。

「なら、片桐の旦那とふたりで、闇討ちにでもしちまったらどうです」

「そうはいかぬ」

闇討ちなどできない。島田とは、若いころ共に剣を競った仲である。平兵衛も島田とは尋常な立ち合いをして勝負を決したかったのである。

「さて、もうひと汗ながすか」

そう言って、平兵衛が立ち上がったときだった。

「旦那、だれか来ますぜ」

孫八が低い声で言った。

見ると、山門の方から深編笠の武士がひとりこちらに歩いてくる。

——島田だ！

その体軀と腰の据わった姿に見覚えがあった。島田武左衛門である。

「島田ですぜ」

孫八も気付いたらしく、顔をこわばらせた。

島田は真っ直ぐ平兵衛の前に歩を寄せ、三間ほど間合を取って足をとめると、深編笠を取った。

表情のない顔をしていた。すこし痩せたらしく、頰がこけたような感じがする。ただ、平兵衛を見すえた双眸には、凍りつくような凄気があった。

「立ち合いを所望」

島田は静かな声で言った。

「ここでやる気か」

佇立した島田に殺気はなかった。

「いや、わしの道場でやりたい」

「道場で？」

意外な申し出だった。

「さよう、われらが初めて木刀で打ち合ったのは道場だ。されば、最後の立ち合いも道場がふさわしかろう」

「それで、いつ」

「明日、卯《う》ノ上刻《じょうこく》（午前五時過ぎ）。検分役は不要でござる」

静かだが、島田の物言いには有無を言わせぬ強いひびきがあった。

「承知した」

平兵衛がうなずくと、

「この歳になって、おぬしと真剣で立ち合うことになるとは思わなんだな」

そう言って、島田は顔をなごませた。慈愛に満ちた高僧を思わせるようなやわらかな微笑だった。だが、すぐに微笑を消し、凄気を宿した目で平兵衛を見すえ、

「待っておるぞ」

と言い置いて、きびすを返した。

去って行く島田の後ろ姿が山門の向こうに消えると、平兵衛の胸の動悸が激しくなった。

両手をかざして見ると、

——顫《ふる》えている！

両手が、笑うように顫えていた。

3

平兵衛はまゆみが眠っているのを見て、そっと長屋を抜け出した。すでに、昨夜のうちに、研ぎ師として心身を鍛えるため水垢離《みずごり》をとると紙片に認め、仕事場に置いておいた。まゆみは朝起きて平兵衛の姿がないと驚くだろうが、書き置きを見れば、平兵衛が帰るまで待つはずである。帰れないときは、右京や島蔵がまゆみの力になってくれるだろう。

平兵衛はふだん仕事をしている筒袖にかるさん姿だった。ただ、腰には愛刀の来国光を帯びてきた。

まだ、町筋は夜の帳《とばり》のなかに沈んでいた。十三夜の月が皓々《こうこう》とかがやいている。頭上は降るような星空だった。それでも、かすかに東の空が明らみ、払暁がちかいことを知らせている。

竪川沿いの道から両国橋の東の橋詰に出ると、橋のたもとに立っている人影が見えた。孫八である。孫八は、平兵衛の姿を見ると駆け寄ってきた。

「旦那には、これがいるんじゃァねえかと思いやしてね」

孫八が、貧乏徳利を持ち上げて見せた。

「ありがたい」

平兵衛は孫八に礼を言った。夜明け前なので、酒を買い求めることもできなかったのである。

ふたりは肩を並べて、両国広小路へ出た。江戸でも有数の賑やかな場所だが、人影はまったくない。寂寞とした静けさが、広小路をつつんでいる。ふたりは己の影を曳きながら歩いた。

「孫八、わしは殺し人としてやるのではない」

平兵衛は小声でしゃべった。

「若いころな、島田とわしは同門だったのだ」

平兵衛は、ふたりの経緯をかいつまんで話し、

「これは、剣客としての立ち合いなのだ。だからな、わしが負けても敵《かたき》を討とうなどとは

思わんでくれ」

と、言い添えた。平兵衛は自分が敗れた後、孫八や右京が敵を討つために島田に挑んで欲しくなかったのだ。

「でえじょうぶ。これさえありゃァ、旦那が負けるわけがねえ」

孫八が貧乏徳利を持ち上げて鼓舞《こぶ》するように言ったが、顔はこわばっていた。孫八も島田がどれほどの強敵か知っているのだ。

「そうだったな。酒を飲めば、後れをとるようなことはあるまい」

平兵衛がつぶやくような声で言った。

湯島まで来ると、東の空がだいぶ明るくなってきた。町筋も白んできて、頭上の星のかがやきがかすんできたようである。島田道場のある本郷まで、もうすぐだった。

「だ、旦那、でえじょうぶですかい」

孫八が、平兵衛の体の顫えを見て心配そうに訊いた。

平兵衛の顫えは、いつもよりひどかった。手だけでなく体全体が顫え、頭までがちいさく首を振るように揺れている。

平兵衛の体の叫びといっていい。強敵との真剣勝負を直前にして、異様な昂《たかぶ》りと怯えが、体を顫わせているのだ。

「酒をもらおうか」

「へい」

孫八は、すぐに貧乏徳利を手渡した。

平兵衛は徳利をかたむけ、一気に三合ほど飲み、フウッ、と一息つくと、さらに三合ほど飲んだ。

酒が臓腑《ぞうふ》に染み渡り、熱い血が体内をかけめぐり始めた。怯え、恐れ、昂り、迷い……、そうした真剣勝負時の負の感情を酒精が駆逐し、闘気をよみがえらせるのだ。

「見ろ」

平兵衛は己の手を孫八にかざして見せた。

顫えはとまっている。頼りなげに丸まっていた背がいくぶん伸び、全身に覇気がみなぎっている。

「勝てまさァ」

孫八が声を上げた。

ふたりは、島田道場の戸口に立った。まだ、町は夜明け前の眠りにつつまれていたが、だいぶ明るくなり、東の空が鴇《とき》色に染まっていた。

道場内はひっそりとしている。だが、一尺ほどあいたままの引き戸が、なかで島田が待っていることを知らせていた。

「もうすこし、もらおうか」

平兵衛はさらに二合ほど飲んでから、貧乏徳利を孫八に渡した。

「孫八は外にいてくれ」

検分役はなし、とのことだった。それに、平兵衛が負ければ、孫八としても島田に立ち向かわざるを得なくなるだろう。

「あっしは、ここで待っていやす」

孫八は承知した。

道場内は薄闇につつまれていた。森閑としている。師範座所の前に、島田の姿があった。肩に黒羽織をかけ襷で両袖を絞り、袴の股立を取っていた。黒鞘の大刀を手にし、毅然と立っている。

「来たな」

島田が歩を寄せてきた。

4

「真剣か」

平兵衛が訊いた。

「それがよかろう。これは稽古ではないからな」

島田の声はおだやかだった。

「立ち合う前に、訊いておきたいことがあるのだがな」

「なんだ」

「政造と、どこで知り合ったのだ」

平兵衛は、道場主である島田と盗人の政造がどこで知り合ったのか分からなかったのだ。

「いまさら隠すこともないな。……わしが柳原通りで人を斬ったとき、政造がちょうど通りかかったのだ」

「……………」

島田は、人を斬ったとだけ言ったが、辻斬りであろう。辻斬りを目撃した政造は、島田の剣の冴《さ》えを目にして殺しを頼む気になったにちがいない。

「おぬしもそうであろうが、殺し人の方が剣が生かせると思ってな。それに、金のために人を斬るのも、これで終わりになるはずだったのだ。道場を建てなおして倅に継がせるつもりだったが、目算がはずれたよ」

島田の口元に自嘲が浮いた。寂しげな顔である。

「それは残念だったな」

「ところで、おぬしに子はいるのか」

「娘がな。わしを刀の研ぎ師と思っておる」

「そうか。おぬしには、娘がおるのか。……因果なことだな」

そう言うと、島田は手にした大刀を腰に帯び、肩にかけた羽織を脱ぎ捨てた。

島田の顔が豹変した。寂しげな表情が拭い取ったように消え、顔が赭黒く紅潮し、双眸が刺すようなひかりを帯びた。全身に気勢がみなぎり、体がひとまわり大きくなったように見えた。

「まいるぞ」

島田が抜刀した。

二尺八寸ほどもあろうか。身幅のひろい剛刀だった。

平兵衛も来国光、一尺九寸を抜いた。

およそ三間（約五・四メートル）の間合を取って、ふたりは対峙した。

島田は青眼である。切っ先がぴたりと平兵衛の喉元につけられている。木刀で対戦したときの二本目の構えと同じである。

対する平兵衛は、逆八相に構えた。虎の爪である。真剣勝負に二本目はない。平兵衛は最初から虎の爪を遣うつもりできていた。

「それが、自得した剣か」

島田が質《ただ》した。

「いかにも。虎の爪と名付けておる」

「おもしろい。わしは、金剛流の青眼でまいろう」

そう言って、島田は一歩踏み込んだ。

巌《いわお》のような迫力のある構えである。全身に気勢が満ち、剣尖が眼前に迫ってくるようだった。島田の体が剣尖の向こうに遠ざかったように見えた。剣尖の威圧で間合を遠く見せているのである。

平兵衛はすぐに仕掛けた。虎の爪は先手を取ることが大事である。

イヤアッ！

裂帛の気合を発しながら、疾走した。

一気に間合をつめる。まさに、獲物に迫る猛虎のような寄り身だった。

が、島田は引かなかった。平兵衛が斬撃の間境に迫る瞬間、痺れるような殺気を放射し、わずかに刀身を沈めた。

島田は面ではなく左胴を払いにきた。一瞬、平兵衛が深く斬り下げる。

キーン、という甲高い金属音がひびき、ふたりの刀身が上下にはじき返った。

間髪を入れず、両者は二の太刀をふるった。

平兵衛が袈裟に。島田が右籠手へ。

次の瞬間、ふたりは背後に跳んで間を取り、ふたたび青眼と逆八相に構えあった。

島田の肩口から胸にかけて着物と肌が裂けていた。見る間に、胸部が血に染まる。だが、薄く皮肉を裂かれただけである。

一方、平兵衛の右の二の腕に血の色があった。島田の切っ先がとらえたのである。こちらもかすり傷だった。

——凄まじい剣だ！

島田の顔に驚愕の表情が浮いた。これほど果敢《かかん》な剣とは思わなかったのであろう。

——胴にくるとはな。

平兵衛の顔にも驚きがあった。左胴へくるとは予想しなかったのである。

「いま、一手」

島田が言った。驚愕の表情が消えていた。顔が紅潮して赭黒く染まり、両眼が炯々《けいけい》とひかっている。刹鬼を思わせるような凄絶な面貌《おもて》である。

「よかろう」

平兵衛は逆袈裟に構えた全身に気魄を込めた。

裂帛の気合を発し、平兵衛が疾走した。

と、島田も前に踏み込んできた。攻めねば、虎の爪に勝てぬと読んだのである。

一気に、両者が斬撃の間境を越える。

タアッ！

島田が鋭い気合を発しざま、左胴を払いにきた。

ヤアッ！

平兵衛は島田の斬撃を払わなかった。そのまま逆袈裟から、島田の右肩へ斬り下ろしたのである。無意識の反応だった。刀身を払う間がないと感知したのであろう。

島田の右腕が落ち、切断された腕から血が噴いた。

平兵衛の腹部にも疼痛がはしった。

咄嗟に、平兵衛は背後に跳んで間合を取ったが、島田はその場につっ立ったままだった。

不意に、島田が左手だけで刀を持ち、だらりと下げた。戦意を失ったようである。右腕から流れ出た血が、道場の床に音をたてて落ちている。

「笑止、倅と同じざまだ」

島田は苦笑いを浮かべた。その顔から殺気が消えている。

「勝負はこれまでだ。腕の血をとめれば、命に別状はない」

平兵衛も刀を下ろした。

「いや、わしも、倅を見習わねばなるまい」

そう言うや否や、島田は左手で持った刀で首筋を掻っ切った。

とめる間がなかった。島田の首根から血が音をたてて噴出した。

島田は目を剝き、口を引き結び、血飛沫《ちしぶき》を上げたまま つっ立っている。

「し、島田……」

平兵衛は息を吞んだ。

島田は仁王のような形相で立っていた。首根から三度勢いよく噴出した血は急激に衰え、首筋をつたって流れるだけになった。

島田の顔は凝固していた。すでに、意識のないことは見てとれた。

平兵衛が島田の体を抱きとめようと、一歩踏み込んだとき、グラッと島田の体が揺れ、腰から砕けるように転倒した。

平兵衛は、道場の床に仰臥した島田に近寄った。

血まみれで凄絶な顔をしていたが、苦悶の表情ではなかった。呵々《かか》と笑っているようにも見える。

――戦場で討ち死にした武者のようだ。

と、平兵衛は思った。

5

「父上、外に出てはだめですよ。おとなしく横になっていないと」

まゆみが念を押すように言って、戸口から出ていった。夕餉の惣菜を買いにいったのである。

――まるで、子供扱いだな。

平兵衛は苦笑いを浮かべて、遠ざかっていくまゆみの下駄の音を聞いていた。

島田を斬って、五日経っていた。腹部の傷はだいぶ癒えてきたが、まだ傷口がふさがっていなかったので、激しい動きは無理である。仕事もせず、座敷で横になっていることが多かった。

五日前、本郷の島田道場からもどってきた平兵衛を見て、まゆみは色を失った。着物の腹部がどっぷりと血を吸い、どす黒く染まっていたからである。

「大事ない。かすり傷だ。ならず者にな、言いがかりを付けられ、口争いになったのだが、このざまだよ」

平兵衛は、適当に言いつくろった。平兵衛自身たいした傷とは思っていなかった。皮肉を裂かれただけで、切っ先が臓腑に達していなかったからである。

「ち、父上、しっかりしてください。すぐに、松東《しょうどう》先生を呼んできますから」

平兵衛の話が耳に入ったのか、入らないのか、まゆみは目をつり上げて長屋を飛び出すと、町医者の松東を呼んできた。

傷の手当てを終えた松東の診断《みたて》は、出血さえとまれば、命に別状はありますまい、とのことで、

「傷口がふさがるまでは、安静にせねばなりませぬぞ」

と言い置いて、帰っていった。

その後、まゆみは松束の指示をかたくなに守り、平兵衛が厠《かわや》へ行くのさえ、文句を言うほどだった。

まゆみの下駄の音が消えていっときしたとき、戸口に近付いてくる別の足音がした。すぐに腰高障子があいて、右京が姿を見せた。

「安田さん、どうです。傷の具合は」

右京は土間に立ったまま訊いた。

「だいぶよくなった。……退屈でな。まゆみが留守なので茶も出せぬが、そこに腰を下ろしてくれ」

平兵衛は身を起こして言った。

「それはよかった。元締めも心配してましたよ」

右京は上がり框に腰を下ろして、顔を平兵衛にむけた。ほっとしたような表情がある。

「それで、町方の動きは」

平兵衛が小声で訊いた。

「むささび一味と見て探っていた者が、みんな死んでしまって困ってるようです。それに、島田父子は剣の立ち合いで敗れたため、自害したとみてるようですよ。ふたりのことで、調べるようなことはないでしょう」

右京は、世間話でもするような口調で言った。

「そうか。これで、わしらの仕事も終わったわけだな」

「そうなります。……ところで、安田さん」

右京が声をあらためて訊いた。

「なぜ、島田武左衛門は安田さんと先に立ち合ったのです。市之助の敵を討つつもりなら、わたしが先だと思うんですがね」

「それは、わしと同門だったからではないかな」

平兵衛はそう言ったが、胸の内では、ちがうと思っていた。

その後、平兵衛は、立ち合いのとき、島田が胴を払わずに突けば、平兵衛を斃せたか、すくなくとも相打ちにはなっていたと気付いたのだ。島田はあえて、その突きを遣わなかったのである。

島田は初めから市之助の敵を討つ気などなく、斬られるつもりで立ち合いを挑んだのではないだろうか。そして、どうせ斬られるなら、同門であった平兵衛がよいと思ったのであろう。

すべてを失った島田にとって、生きることは死ぬことより過酷な道だったのだ。老いた島田は妻や市之助の許へ行きたかったのかもしれない。

「いずれにしろ、島田は剣客として死にたかったんだろうな」

平兵衛が、しみじみとした口調で言った。

「島田が先に安田さんに挑んでくれたお蔭で、わたしは命拾いしたのかもしれませんがね」

右京がつぶやくような声で言った。

そのとき、戸口で下駄の音がし、障子があいてまゆみが顔を出した。手に青菜を持っている。

「片桐さま……」

まゆみは右京を目の前にして身を硬くし、言葉につまった。

「安田どのが、怪我をされたと聞いたもので」

そう言って、右京がまゆみに微笑みかけた。

「は、はい、お蔭さまで、だいぶよくなったのです」

まゆみは耳朶まで赤く染めて言った。

「いま、安田どのから様子を聞いて安心したのです」

「父上は、片桐さまと同じようにならず者に言いがかりを付けられ……」

そこまで話して、まゆみが急に言葉を呑んだ。片桐の両肩を見て、戸惑うような表情を浮かべている。

「どうしました」

右京が訊いた。

「片桐さま、たしか左肩にさらしが巻かれてたような気が……」

「そ、それは」

今度は、右京が言葉につまった。

いま右京の右肩にさらしが巻いてあった。恵林寺の境内で市之助と斬り合ったときの傷である。ところが、最初に斬られたのは左肩から胸にかけてであった。そのとき、長屋に来たので、まゆみも平兵衛が右京の左肩から胸にかけてさらしを巻いたのを見ているのだ。

まさか、立ち合って斬られたとは言えないし、またならず者と喧嘩したとも言えない。

右京が困っていると、すかさず平兵衛が助け舟を出した。

「まゆみ、気のせいだよ。そんなことより、茶を頼む。片桐さんは、喉が渇いてるらしいのだ」

「は、はい、すぐに」

まゆみは慌てた様子で、流し場に立った。

平兵衛と右京は顔を見合わせると目配せをし、傷が癒えたら、まゆみと三人で浅草寺にお参りにでもいかぬか、と平兵衛がまゆみにも聞こえるような声で言い、ぜひ、行きましょう、と右京が答えた。

まゆみは、嬉しそうに目をかがやかせて、ふたりの会話を背中で聞いている。右京の傷が、右肩だったのか左肩だったのか、どうでもよくなったようである。

剣鬼無情

一〇〇字書評

切り取り線

購買動機（新聞、雑誌名を記入するか、あるいは○をつけてください）	
□（　　　　　　　　　）の広告を見て	
□（　　　　　　　　　）の書評を見て	
□ 知人のすすめで	□ タイトルに惹かれて
□ カバーがよかったから	□ 内容が面白そうだから
□ 好きな作家だから	□ 好きな分野の本だから

●最近、最も感銘を受けた作品名をお書きください

●あなたのお好きな作家名をお書きください

●その他、ご要望がありましたらお書きください

住所	〒				
氏名		職業		年齢	
Eメール	※携帯には配信できません		新刊情報等のメール配信を 希望する・しない		

あなたにお願い

この本の感想を、編集部までお寄せいただけたらありがたく存じます。今後の企画の参考にさせていただきます。Eメールでも結構です。

いただいた「一〇〇字書評」は、新聞・雑誌等に紹介させていただくことがあります。その場合はお礼として特製図書カードを差し上げます。

前ページの原稿用紙に書評をお書きの上、切り取り、左記までお送り下さい。宛先の住所は不要です。

なお、ご記入いただいたお名前、ご住所等は、書評紹介の事前了解、謝礼のお届けのためだけに利用し、そのほかの目的のために利用することはありません。またそのデータを六カ月を超えて保管することもありませんので、ご安心ください。

〒一〇一―八七〇一
祥伝社文庫編集長　加藤　淳
☎〇三（三二六五）二〇八〇
bunko@shodensha.co.jp

祥伝社文庫

上質のエンターテインメントを！　珠玉のエスプリを！

祥伝社文庫は創刊15周年を迎える2000年を機に、ここに新たな宣言をいたします。いつの世にも変わらない価値観、つまり「豊かな心」「深い知恵」「大きな楽しみ」に満ちた作品を厳選し、次代を拓く書下ろし作品を大胆に起用し、読者の皆様の心に響く文庫を目指します。どうぞご意見、ご希望を編集部までお寄せくださるよう、お願いいたします。

2000年1月1日　祥伝社文庫編集部

剣鬼無情《けんきむじょう》　闇《やみ》の用心棒《ようじんぼう》　長編時代小説

平成18年2月20日　初版第1刷発行

著者　鳥《と》羽《ば》亮《りょう》

発行者　深澤健一

発行所　祥《しょう》伝《でん》社《しゃ》

東京都千代田区神田神保町3-6-5

九段尚学ビル　〒101-8701

☎03（3265）2081（販売部）

☎03（3265）2080（編集部）

☎03（3265）3622（業務部）

印刷所　萩原印刷

製本所　積信堂

造本には十分注意しておりますが、万一、落丁、乱丁などの不良品がありましたら、「業務部」あてにお送り下さい。送料小社負担にてお取り替えいたします。

Printed in Japan

©2006, Ryō Toba

ISBN4-396-33273-4　C0193

祥伝社のホームページ・http://www.shodensha.co.jp/

祥伝社文庫・黄金文庫　今月の新刊

西村京太郎　特急「有明」殺人事件
十津川警部煩悶。多すぎる容疑者、理解できない動機

伊坂幸太郎　陽気なギャングが地球を回す
五月に映画大公開！　天才四人の最強銀行強盗団…？

鯨統一郎　とんち探偵・一休さん　謎解き道中
痛快！　とんち探偵一休が奇想天外摩訶不思議を解く

南　英男　囮《おとり》刑事《デカ》　失踪人
十二歳の少女が依頼人か？失踪した父を追う闇の組織

勝谷誠彦　色街を呑む！　日本列島レトロ紀行
路地の迷路に広がる妖しき世界。古きよき昭和の旅

草凪　優　みせてあげる
清冽、哀切、純情、過激。本邦初の純愛官能小説！

鳥羽　亮　剣鬼無情　闇の用心棒
老いてなお阿修羅也！迫力の剣豪小説

睦月影郎　おんな曼陀羅《まんだら》
女体知らずの見習い御典医。美しき神秘に挑む！

井川香四郎　御赦免花《ごしゃめんばな》　刀剣目利き　神楽坂咲花堂
大好評、「心の真贋」をも見極める骨董店主の事件帖

中村澄子　1日1分レッスン！　TOEIC Test〔パワーアップ編〕
文庫年間1位店続出！　最小最強のTOEIC本第2弾！

佐藤絵子　フランス人の心地よいインテリア生活
インテリアには「内心」という意味も。素敵な部屋づくり

桐生　操　知れば知るほど　あぶない世界史
歴史は血と謀略と謎に満ちあふれている！

百瀬明治　名将の陰に名僧あり
戦国時代、僧侶は第一級の学者であり政治家だった！